La Dame *aux*

ARTIFICES

Un roman d'aventures steampunk
Magnifiques Artifices
Livre Un

Shelley Adina

Traduit par Frédérique Malbos
Language+ Literary Translations, LLC

Moonshell Books, Inc.

Maquette ©2013 BookDesignTemplates.com
Création artistique : Jenny Zemanek chez Seedlings Design Studio.
Images : Shutterstock.com, utilisées sous licence.
Traduit par Frédérique Malbos – Language+ Literary Translations, LLC.

La Dame aux Artifices / Shelley Adina — 1° édition
ISBN 978-1-939087-65-2

Pour Timons Esaias

Merci à mon groupe d'écrivains: Jasmine Haynes, Bella Andre, Jenny Andersen, et Jackie Yau. Sans votre soutien et vos encouragements, la Dame serait probablement restée chez elle.

LA DAME *aux*

ARTIFICES

1

Londres, juin 1889

Dire que l'explosion avait secoué le laboratoire de l'Académie Sainte Cécile pour jeunes filles pourrait être une exagération, mais elle allait sûrement en entendre parler longtemps.

Claire Trevelyan ferma les yeux tandis qu'un fragment de mousse marron-rougeâtre dégoulinait du plafond et atterrissait directement sur le sommet de sa tête. Il contourna ses oreilles pour finir sur le col marin immaculé de sa blouse longue, puis, suivant le principe de la gravité, glissa le long de sa jupe d'uniforme en seersucker bleu.

Les autres élèves du cours avancé de chimie s'étaient déjà réfugiées en poussant des cris perçants au fond de la salle, loin des bancs, directement sous les décombres. « Mesdemoiselles ! » exhorta le professeur Grünwald en levant les bras comme pour calmer des eaux en furie, « il n'y a aucune raison de s'alarmer. Je vous demande de reprendre vos esprits. » Ses yeux en vrille, derrière les verres brillants de ses lunettes, épinglèrent Claire sur place, comme un papillon sur un carton.

« Mademoiselle Trevelyan, est-ce que je ne viens pas de vous dire de ne pas ajouter le contenu de ce plat dans votre flacon ? »

« Oui, Monsieur. » Elle arrivait tout juste à entendre sa propre voix au-dessus du vacarme que faisaient ses camarades.

« Alors pourquoi l'avez-vous fait ? »

La vérité ne pouvait que m'attirer une punition sévère, mais il n'y avait pas d'autre réponse. « Pour voir ce qui allait se passer, Monsieur. »

« Bravo. Je crois me rappeler que vous avez répondu la même chose au docteur Prescott après le malheureux incident avec la bobine de Tesla. » Sa mâchoire se crispa sous la couche de graisse. Il s'adressa au fond de la salle, où les autres étaient blotties contre les armoires contenant ingrédients et matériel. « Mesdemoiselles, je vous en prie ! Ajouter de la menthe à une infusion de pissenlit et de bardane ne vous fera pas de mal. Vous pouvez vous rendre au cabinet de toilettes pour vous remettre en état si c'est nécessaire. »

Plusieurs jeunes filles coururent hors de la salle, laissant derrière elles Lady Julia Wellesley, Lady

Catherine Montrose, et Mademoiselle Gloria Meriwether-Astor, qui jouissaient de son humiliation avec autant de délice que si elles assistaient à la dernière pièce de théâtre à la mode. Claire redressa l'échine. Elle devrait y être habituée à présent. La force morale devait la soutenir.

Un autre lambeau de mousse atterrit sur son épaule. Derrière elle, Lady Catherine étouffa un gloussement.

« Et êtes-vous satisfaite de ce que vous venez d'apprendre ? » Le professeur Grünwald n'en avait pas fini avec elle.

« Oui, Monsieur, » dit Claire en toute franchise.

« Ravi de l'entendre. À l'avenir, quand je vous dirai de ne pas faire une chose, je souhaiterais que vous m'obéissiez. Vous êtes ici pour apprendre la chimie domestique, pas pour faire des tours de magie de salon. »

« Mais, Monsieur, ça aurait été utile que vous nous disiez pourquoi les composés ne doivent pas être mélangés. »

Dans le moment de silence qui suivit, elle entendit que la galerie retenait son souffle.

« Je suis désolé d'avoir entravé votre soif de savoir. » Son sarcasme suintait désagréablement tout comme la substance qui formait maintenant une masse gluante sur ses vêtements. « D'ici demain matin, vous m'écrirez cent lignes disant la chose suivante: 'J'obéirai aux instructions et je freinerai ma curiosité indigne de ma condition.' Répétez cela s'il vous plaît. »

Claire s'exécuta d'une voix monocorde aussi fidèlement qu'un enregistrement sur la cire.

« Merci, Mademoiselle Trevelyan. Vous allez maintenant informer le personnel de nettoyage que leur aide est requise ici. »

« Oui, Monsieur. »

« Et vous resterez le reste du temps pour les aider. »

Claire serra instinctivement la mâchoire pour retenir son envie de se défendre. « Oui, Monsieur. »

« Mesdemoiselles, le cours est terminé. Merci de votre patience. »

Patience ? Il les remerciait ? Claire resta impassible malgré la tempête qui grondait en elle et se dirigea vers la porte, le talon de sa bottine glissant à plusieurs reprises sur le sol mousseux. Lady Catherine gloussa encore une fois — Claire pensait qu'elle ne pouvait pas s'en empêcher, ce devait être un tic nerveux — et les autres filles la suivirent à l'extérieur en prenant garde que leurs robes propres ne touchent pas la sienne.

« Du beau travail, Trevelyan, » murmura Lady Julia Wellesley. « Nous avons une demi-heure de libre grâce à toi. »

« Je dois dire que cette substance marron te va bien. » La mâchoire proéminente de Lady Catherine s'accentua en prononçant ces mots. « Elle est tout à fait assortie à tes cheveux. »

« Peut-être que la prochaine fois tu auras moins envie d'épater la galerie avec tes coups de génie, » ajouta Gloria Meriwether-Astor, avec l'accent traînant qui trahissait l'origine coloniale.

Claire essaya de ne pas répondre mais c'était au-dessus de ses forces. Elle se tourna pour faire face à la nouvelle héritière des Territoires américains, qui s'était intégrée dans le groupe des filles dès son arrivée grâce à une volonté de fer cachée dans un gant de velours. « Je n'essaye d'épater personne. Je... »

« Oh ça va, » dit Lady Julia en balayant l'air de ses doigts. « Épargne-nous ta fausse humilité. Mais dis-moi, comment penses-tu attirer un mari, attifée comme ça ? »

« Elle essaye d'impressionner le vieux Grünwald. » Lady Catherine gloussa. « Il est célibataire. »

Il avait aussi quarante ans, était en surpoids, et sa calvitie naissante transpirait quand il était sous pression, ce qui était pratiquement son état permanent. Ceci dit, épouser quelqu'un de rang inférieur à celui d'un baron était hors de question, sans parler d'un homme obligé de gagner sa vie en enseignant aux diamants de la société.

Et d'ailleurs ces rejetons fortunés n'avaient pas la moindre envie qu'on leur enseigne autre chose que broder un mouchoir ou verser le thé dans une tasse. Toutefois s'il y avait eu un cours consacré à l'art de mettre le grappin sur un mari à particule, elle était sûre que chacune d'entre elles s'y inscrirait et n'en perdrait pas une goutte. Bien sûr, Lady Julia aurait certainement pu donner ce genre de cours. Le bruit courait que dès qu'elle descendrait de l'estrade de la remise des diplômes la semaine prochaine, Lord Robert Mount-Batting mettrait le genou à terre, sur la pelouse, et la demanderait en mariage.

Claire pensait plutôt que la rumeur n'était pas fondée. Lady Julia ne raterait jamais la présentation à la Cour dans deux semaines, ni aucun des bals et fêtes qui allaient être organisés en son honneur par la suite. Et s'il fallait parler de pelouses, ce serait probablement celle d'Ascot, ou bien celle de Wellesley House, un peu avant la saison de chasse qui commençait en août.

Julia, Catherine et Claire elle-même devaient être présentées à Sa Majesté pendant la même Séance. Claire tremblait rien qu'à cette idée et elle refusait de faire des conjectures. Qui sait quelle nouvelle humiliation ces filles pouvaient concocter en si auguste compagnie ?

Une fois loin de la foule déchaînée, Claire se rendit à l'Administration et envoya un pneumatique contenant la demande du professeur Grünwald au bureau du personnel. Inutile qu'elle se nettoie ni qu'elle se change si elle devait manier un balai pendant les trente minutes suivantes. Cette école arriérée n'avait pas eu l'intelligence d'embaucher une aide-ménagère pour prendre en charge le gros du nettoyage. Armée d'une échelle, de chiffons et de seaux elle dut passer le reste de l'heure à nettoyer la mousse gluante du plafond, des pupitres, des chaises et du sol du laboratoire, avec l'aide de deux femmes de ménage.

Dieu merci, le professeur était retourné dans son bureau. Elle pouvait donc rire en toute impunité des commentaires des deux femmes de ménage sur ses perspectives de se marier un jour.

Après que Claire les eut aidées à rapporter le matériel au sous-sol, elle alla se changer le plus vite possible dans le vestiaire du gymnase, et mit son uniforme de rechange. Pourtant elle arriva en retard au cours de français avec la moitié de l'ourlet de son chemisier sortie de la ceinture de sa jupe, au grand amusement de Lady Julia et de Gloria.

« Ne t'en fais pas pour elles, » chuchota Émilie Fragonard du banc derrière le sien tandis qu'elle gesticulait pour rentrer le morceau de tissu incriminé. « Tu es parfaite maintenant. »

Chère Émilie ! Même si les cheveux de son amie étaient tirés en arrière en un chignon tressé au lieu d'être coiffés à la Pompadour, et que ses lunettes étaient, d'après Claire, trop lourdes pour ses traits délicats et cachaient ses beaux yeux, elle était la gentillesse même. Et Dieu sait que la gentillesse était une denrée rare à Sainte Cécile.

Après le cours et avant l'heure du repas, Claire et Émilie se réfugièrent dans l'ombre tachetée de lumière sous les arbres d'un verger, dans un coin reculé de la pelouse. De l'autre côté du mur de trois mètres en granit qui mettait les jeunes filles à l'abri de l'agitation de Londres, le cliquetis des calèches et les clochettes des harnais s'entendaient de la route, tout comme les voix des passants et le halètement caractéristique d'un nouveau landau à vapeur. Quand elle entendit ces bruits, Claire put à peine se retenir de courir vers le portail et de regarder à l'extérieur. C'étaient des machines si intéressantes, toutes différentes les unes des autres, obéissant toutefois aux mêmes merveilleux principes.

« N'y pense même pas. » Le ton d'Émilie faisait comprendre à Claire qu'elle avait été prise sur le fait. « Les jeunes filles comme il faut ne s'ébahissent pas devant les landaus à vapeur ou ceux qui les conduisent. »

« Peu m'importe qui les conduit. J'en conduis un moi-même. C'est juste que j'adore les regarder. »

« C'est pas possible... ne me dis pas que tu sais les conduire ? »

« Mais si. C'est Gorse qui m'apprend. »

« Claire Elizabeth Trevelyan! » Émilie posa sa main pâle sur le tronc d'un des plus grands ormes pour se soutenir.

« Je trouvais que ton escapade en quadricycle s'était déjà mal passée. Tu ne peux pas me dire maintenant qu'en plus tu pilotes un de ces engins dangereux ! »

« Ils ne sont pas dangereux, si tu sais les faire marcher correctement. Chose que je sais faire. La vitesse et la direction sont simplement une question d'application adéquate de la vapeur. Les explosions des premiers modèles sont une chose du passé. »

« C'est encore heureux, vu le rapport que tu as avec les explosions ! »

La bonne humeur de Claire descendit d'un cran comme un feu laissé trop longtemps sans être alimenté. « Ah, tu as su. »

« Toute l'école le sait. Franchement, ma chérie, il faut que tu corriges cette fâcheuse tendance à faire exploser les choses. »

« Cette caricature de professeur ne nous a pas mises en garde sur ce qui pouvait se passer. Pourquoi est-ce sur moi que retombe l'entêtement de cet homme borné ? S'il y a une chose que je déteste, c'est bien que quelqu'un me dise de ne pas faire quelque chose sans me dire pourquoi. »

« Et on doit toujours savoir le pourquoi et le comment de tout ? »

« Pas de tout, mais certainement d'une chose aussi simple que la raison pour laquelle on ne peut pas ajouter de la menthe poivrée au pissenlit et à la bardane. On peut ajouter de la menthe poivrée à la pâte à biscuits et au thé sans que cela produise aucun effet néfaste. »

« Grâce à toi, tout le monde à l'école sait maintenant pourquoi ; et demain au petit déjeuner, tout le monde sera au courant à Heathbourne aussi. »

Heathbourne était l'équivalent de St. Cecelia de l'autre côté de la place — et c'est là qu'elle serait allée si elle avait été un garçon et l'héritier de son père. « Je me fiche de l'opinion des garçons. »

« Tu t'en ficheras moins dans quelques semaines, quand tu seras au bal de fin d'année à Carrick House et qu'aucun d'entre eux ne t'invitera à danser. »

« On dirait que j'entends parler ma mère ! » Pourquoi est-ce que personne ne lui avait dit que le nœud de son corsage était de travers ? Elle le défit et commença à le refaire.

« Elle a raison là-dessus, et tu le sais. Claire je t'en prie, réfléchis. » Le ton d'Émilie se radoucit. « Tout le monde sait qu'une jeune femme fortunée doit faire un mariage approprié. »

« Ne me rappelle plus les coutumes de la génération de nos grands-mères. Après tout, ce n'est pas ce que souhaitent toutes les jeunes filles. » Après avoir pris soin de son aspect, elle se pencha pour enfoncer davantage une épingle de celluloïd dans le chignon d'Émilie. S'il n'était pas beau, il devait au moins tenir.

« Quiconque désire être reçu dans la bonne société le veut. Tu ne veux pas être comme ces gens terribles de Chelsea, comme la pauvre Peony Churchill, quand même ? »

En fait, Claire convoitait et enviait les explorations intellectuelles qui se faisaient dans les salons et les cabinets de lecture du Chelsea Set, que les documents appelaient les Méritos. Le club était dirigé par Mme Stanley Churchill, la mère de Peony, et peuplé d'explorateurs et hommes de sciences de la Société royale d'ingénieurs, ainsi que d'artistes, de musiciens et des penseurs les plus indépendants de l'empire de Sa Majesté la reine Victoria. Leur philosophie que l'intellect primait sur la lignée était un affront à la majorité des membres de la société; mais personne ne pouvait prétendre que le Premier Ministre était l'un d'entre eux. Le fait qu'un homme de sciences ou un explorateur puisse recevoir terres et titres, alors que des lignées aristocratiques devenaient plus consanguines et dans certains cas s'éteignaient, montraient dans quel sens le vent soufflait.

Et Claire avait toujours aimé le vent. Était-ce une simple coïncidence que la propriété familiale en Cornouailles s'appelât Gwynn Place, du Cornouaillais plas-an-gwyn, signifiant le Manoir du vent ? Peut-être pas. Peut-être que c'était un signe.

Une ombre cacha le soleil et Émilie et elle levèrent les yeux pour voir, non pas un nuage, mais un énorme aéronef glissant au loin au-dessus de leurs têtes. Le dirigeable de onze heures trente pour Paris avait quitté son mât d'amarrage à Hampstead Heath parfaitement à l'heure.

Des profondeurs des halls en marbre et en grès de l'école, une cloche retentit. « C'est l'heure du déjeuner, » dit-elle à Émilie en se détournant de la vue merveilleuse de l'aéronef et évitant ainsi de répondre à la question de son amie. « Viens vite, sinon nous serons en retard. »

2

Comme à son habitude, Gorse conduisit le landau jusqu'aux marches de l'allée postérieure de St. Cecelia à quinze heures quinze tapantes. Claire courut à sa rencontre et attendit impatiemment qu'il enclenche le frein et vienne sur le devant pour lui ouvrir la mince porte en laiton. Elle lui tendit la main pour monter et, d'un œil expert, contrôla les jauges de pression, les positions des commutateurs, et les indicateurs qui montraient au pilote les niveaux de charbon et d'eau dans la chaudière.

Une calèche terriblement démodée avec les armoiries de la famille Wellesley sur la porte et tirée par deux beaux alezans s'approcha d'eux par derrière. Claire sentait presque physiquement les regards d'envie tandis qu'on aidait Lady Julia et ses amies à entrer à l'intérieur.

« Gorse, est-ce que je peux… »

« Non Mademoiselle. Le Vicomte me ferait passer un mauvais quart d'heure si je vous permettais de conduire cette bête devant ces dames. »

Quel triomphe ce serait ! « Mais Gorse… »

« Mademoiselle, ayez pitié ! »

Seule la considération de ses sentiments la fit taire jusqu'à ce qu'ils aient tourné le coin et soient à mi-chemin d'une allée qui convenait plus au ramassage des ordures qu'à la conduite d'un engin dernier cri. « Maintenant je peux, Gorse ? »

« Oui, Mademoiselle. Rappelez-vous ce que je vous ai dit sur le desserrage du frein. Elle va bondir en avant parce qu'elle a été garée et elle a accumulé de la vapeur. »

Claire sortit sans aide et prit son pardessus de conduite en toile qui était sous le siège arrière. Cher Gorse … il continuait à considérer le landau comme une femme, une femme qui aurait été élégamment bâtie en laiton, fer et verre. Le landau à vapeur avait son propre cerveau, comme une femme qui pensait avec sa propre tête, ça c'est sûr.

Elle s'installa sur le siège du conducteur tandis qu'il allait s'asseoir à sa gauche. « Gorse, la journée est magnifique, il faut baisser la capote. »

« Bien sûr, Mademoiselle. »

Elle appuya ses deux pieds solidement sur le plancher et s'empara du levier sur le côté du siège. Tandis qu'elle pesait de tout son poids sur lui et le tirait en arrière, la capote articulée se rabattit en cliquetant avec le chuintement d'un train freinant en pleine gare. Elle se replia d'elle-même dans son logement derrière eux, comme un éventail de métal doré, et Gorse et elle laissèrent les vitres baissées.

Ah ! Liberté et vent sur son visage.

« Rappelez-vous ce que j'ai dit sur le frein, Mademoiselle. Et n'oubliez pas ça. » Il lui tendit une paire de lunettes d'aviateur avec des verres télescopiques basculants pour voir à plus grande distance, au cas où elle en aurait besoin.

« Je me rappelle. » Il ne lui fallut qu'un instant pour ôter son chapeau à larges bords et chausser les lunettes pour se protéger les yeux, non seulement de la fumée des chauffages au charbon de Londres, mais aussi du vent provoqué par leur propre vitesse. Une fois remis son chapeau, elle desserra le frein et les aiguilles des jauges bondirent. En manœuvrant simultanément le frein et l'accélérateur, elle contrôla la vitesse du landau qui tendait à rouler trop vite tant qu'il y avait un excès de vapeur accumulée, et avança le long de l'allée en se servant du levier de direction pour tourner au coin de Curzon Street avec une telle aisance qu'il ne semblait pas qu'elle n'avait appris à prendre des virages que deux semaines auparavant.

« Bravo, Mademoiselle. Attention à ce véhicule couvert ici...il est en train de s'arrêter. »

« Je le vois. » Elle tourna autour de l'énorme camion plein de planches en bois pour l'hôtel en construction au coin de la rue. Une véritable cacophonie s'éleva autour d'elle, des marteaux des charpentiers aux cris des chauffeurs avertissant les chevaux d'autres personnes, jusqu'au son d'une cloche sur la porte d'une échoppe, qui s'ouvrait sur leur passage.

Ils avançaient de plus en plus lentement, au point qu'une bande d'enfants en guenilles put entourer le landau et se rapprocher d'eux. « S'il vous plaît Mademoiselle, vous n'avez pas quelques centimes à nous donner ? Je vous en prie, nous avons faim. »

Gorse serra la mâchoire. « Dégagez d'ici, » aboya-t-il. « Enlevez vos pattes crasseuses de ce moteur ! »

Claire s'aperçut, non sans effroi, que deux des enfants dépenaillés étaient des petites filles de guère plus de dix ans. Avaient-elles des parents ? Quelqu'un qui s'occupait d'elles ? Elle appuya sur le frein et le landau ralentit encore plus. En fouillant dans son cartable, elle trouva quelques centimes et les lança aux petites filles. Avec de petits cris de joie, la nuée d'enfants disparut dans le dédale de ruelles derrière le chantier.

« Sauf votre respect, Mademoiselle, vous ne devriez pas encourager les mendiants. » Gorse regardait dans la direction où ils avaient disparu. « Cela ne fait que les encourager à vous voler. »

« J'ai donné ces pièces volontairement. » Elle mit de la vapeur sur l'accélérateur et ils reprirent leur vitesse de croisière. « Et ils avaient vraiment l'air maigres. »

Gorse était beaucoup trop poli pour continuer à discuter avec elle, même s'il avait probablement raison. Mais la Bible ne disait-elle pas que si une personne donnait un verre d'eau fraîche à une autre dans le besoin, c'est comme s'il le donnait à notre Seigneur ? Elle ne manquait de rien...du moins, rien de matériel. Ces petites pièces qui traînaient au fond de son sac allaient servir à remplir un estomac vide.

Claire gardait un œil inquiet sur le grand boulevard en face d'elle. Les grands carrefours comme celui de Park Lane l'intimidaient toujours, mais grâce à l'entraînement patient dispensé par Gorse, elle les abordait plus facilement, surtout depuis qu'elle avait appris à surveiller les chevaux qui s'emballaient et les jeunes hommes impatients venant dans la direction opposée. Elle s'était attiré des quolibets et des huées de la part d'un ou deux de ces derniers, mais tant qu'ils ne l'injuriaient pas parce qu'elle leur coupait la route, elle se contentait d'ignorer noblement les cris qu'ils poussaient pour attirer son attention.

Rares étaient les femmes qui savaient conduire une voiture à moteur, encore moins une aussi jolie que celle de son père. Et pas seulement la piloter, mais connaître sur le bout des doigts les secrets de son fonctionnement. Tous les samedis matins, tandis que la maisonnée dormait, Gorse et elle se penchaient sur les mécanismes internes cachés sous la carrosserie luisante. Elle avait appris à remplir la trémie à charbon et la chaudière, à nettoyer les tuyauteries et à graisser les pistons qui coinçaient. Elle avait même appris à équilibrer les plateformes délicates qui supportaient le poids du charbon et de l'eau, et informaient les jauges du contenu de chacun.

Gorse, intelligent et plein de ressources intérieures, en savait aussi long sur la physique de la vapeur que n'importe quel professeur de St. Cecelia. « Le cousin germain du côté paternel de ma grand-mère était Richard Trevithick, le grand ingénieur cornouaillais, » lui avait-il confié un jour au début de leur association secrète. « On a un peu tous la bosse de la mécanique dans la famille, pourrait-on dire. Je préfère bricoler cette machine remarquable que gérer l'une des mines d'étain de Sa Seigneurie, je peux vous le dire. »

Claire regrettait profondément l'inanité des programmes de St. Cecilia, qui imposait aux jeunes filles des cours de danse, de maintien, de langues et de chimie de la cuisine plutôt que des choses pratiques comme la mécanique et le fonctionnement des machines à vapeur. À qui cela pouvait-il intéresser de savoir comment le gâteau levait ? Il le ferait même sans vos connaissances de sa chimie, tant que vous y mettriez les bons ingrédients et appliqueriez la bonne quantité de chaleur. Mais se promener dans le pays par ses propres moyens — voler au-dessus du sol à la vitesse du vent — ça, c'était une chose qui valait la peine d'être enseignée.

Mais bien sûr, son avis comptait comme l'as de pique, à l'école comme à la maison.

À un pâté de maisons de Wilton Crescent, la rue élégante de Belgravia où se trouvait Carrick House, elle conduisit le landau vers un bas-côté herbeux, où les traces des pneus révélaient aux yeux exercés qu'une machine de ce genre s'était arrêtée auparavant.

Se défaisant de son harnachement de conduite, elle changea de place avec Gorse et quelques minutes plus tard arriva avec tout le décorum nécessaire à la porte de derrière, noire et brillante, du pied-à-terre en ville du Vicomte et de Lady St. Ives. « Merci Gorse. À demain ! »

«Oui, Mademoiselle. Et si je peux me permettre: bravo! »

LA DAME AUX ARTIFICES

Rayonnante, elle franchit les marches immaculées et pénétra dans le hall de derrière. À sa droite des portes battantes, qui donnaient sur les cuisines qui bourdonnaient déjà des préparatifs pour le dîner, servi à six heures tapantes les soirs où les parents étaient à la maison. À sa gauche, se trouvaient des bureaux et les quartiers du personnel de niveau supérieur. Les femmes de chambre avaient leurs chambres au quatrième étage. Elle monta l'escalier jusqu'au premier étage, où les sols frais en marbre et l'odeur de cire et des fleurs de freesia dans leur vase chinois sur la table l'accueillirent comme une bénédiction silencieuse.

Elle se demanda la raison de ce silence : peut-être Maman n'était-elle pas rentrée de sa tournée de visites.

« Claire, c'est toi ? »

La poitrine de Claire s'affaissa en un soupir. C'était trop en vouloir que de s'engouffrer dans sa chambre sans être remarquée. « Oui Maman. »

« Je voudrais te parler. Dans le boudoir, s'il te plaît. » Le ton tranchant de sa mère fut son premier avertissement. Comme l'éventail jaune sur la jauge de pression, il indiquait que si l'on ne faisait pas quelque chose immédiatement, les conséquences pouvaient être dramatiques.

La gaité lumineuse d'un bel après-midi au volant commença à s'estomper. Pour être précis, le deuxième point brillant de cette journée, qui autrement était effroyable, avait été l'explosion.

Et elle ne doutait pas un instant d'ailleurs que cela allait être le sujet du prochain quart d'heure.

3

Lady St. Ives était allongée sur un canapé en brocart vert foncé, juste assez large pour contenir ses tournures et ses jupons à la mode, mode dont elle se faisait un point d'honneur d'être à l'avant-garde. Ses jupes en soie rayée bleu et blanc étaient surmontées d'une robe à la polonaise en damas bleu marine bordée de ruches dorées, et des rosaces dorées attiraient le regard vers un décolleté carré et la silhouette parfaite qui faisait l'envie de bien des matrones plus imposantes.

Le fait que Claire ait hérité la haute taille de son père mais pas la silhouette de sa mère, la chevelure indisciplinée auburn de son père et pas les boucles blondes de sa mère, était une source constante de désespoir. Il n'y avait qu'un an ou deux qu'elle avait abandonné tout espoir de grandir différemment de ce que la réalité déplaisante suggérait. Abandonner ce dernier espoir avait été douloureux et comptait certainement dans son manque de volonté de se montrer pendant la fameuse Saison.

Et en parlant de réalité déplaisante...

« Assieds-toi, Claire. Comment se sont passés tes cours aujourd'hui ? »

Est-ce qu'il y avait un piège dans cette question, fallait-il rester sur ses gardes ?

« Très bien Maman. »

« Si bien que tu es restée plus longtemps à l'école ? »

Gorse et elle avait pris, c'est vrai, quelques chemins détournés pour rentrer à la maison, afin de pratiquer les virages, mais pas au point de susciter de l'inquiétude. « Pourquoi ? Je ne comprends pas... »

« Je viens de recevoir un pneumatique de Madame du Barry m'informant que tu ne t'es pas présentée à ton rendez-vous de quatre heures. »

Madame du Barry. Madame du...oh ! « Mais les essayages sont prévus pour demain. »

Pour la deuxième fois aujourd'hui elle était épinglée sur place par un regard bleu qui la transperçait. « C'était aujourd'hui. »

Un curseur en fer-blanc de poste pneumatique gisait sur la table, tout juste sorti du système de tubes pressurisés qui circulaient dans les entrailles de Londres comme une vraie Méduse de la communication. Lady St. Ives tapota la feuille de papier enroulée qui en provenait contre la paume de sa main. « Est-ce que tu te rends compte des efforts que j'ai déployés pour te prendre un rendez-vous avec elle ? Sais-tu à quel point elle est recherchée ? Tu sais, ton rendez-vous était juste après celui de la Princesse Beatrice. *Princesse Beatrice,* Claire ! »

« Je suis désolée Maman. Franchement je pensais que c'était demain. » Comment pouvait-elle penser à une chose aussi frivole qu'un essayage alors que la journée avait été aussi catastrophique ? Un pneumatique de la part du Professeur Grünwald n'allait pas tarder à arriver. Elle devrait vraiment se promener en sarrau et bottines. Imaginez l'usure qu'elle éviterait aux efforts de style de gens comme Madame du Barry.

« Au point où nous en sommes, c'est tout juste si nous pourrons obtenir un autre essayage avant ta remise de diplôme, et je tremble à l'idée de ce que je ferai si elle décide d'arrêter de travailler à ta robe de présentation. Franchement, ma chérie, est-ce si difficile de se rappeler des choses importantes ? Tu es une véritable tête de linotte parfois — je me demande vraiment si ton éducation à St. Cecelia sert à quelque chose. »

« J'ai d'excellentes notes en français et en allemand, » dit Claire humblement.

« Cela te servira sûrement quand tu devras diriger du personnel dans ces langues. Mais pour avoir du personnel, tu dois avoir une maison à toi. Pour avoir une maison à toi, tu dois attirer un mari riche et installé. Et pour attirer un mari, tu dois être toi-même attirante. Comment peux-tu y arriver si tu rates les rendez-vous avec ta modiste ? »

Claire espérait que son bonheur futur n'allait pas dépendre seulement des talents d'une couturière avec les rubans et les draperies. « J'ose espérer que l'homme que j'épouserai sera séduit par mon esprit, pas par les efforts de ma couturière. »

« Ne sois pas insolente, je parle sérieusement. » Ça malheureusement c'était vrai. « Tu sais que ton père n'apprécie pas que tu fasses de l'ironie. » Mais papa n'était pas là. Il avait passé de longues heures à la Chambre des Lords, à discuter avec des gens sur l'investissement dans le moteur à combustion. Elle imaginait que les gentlemen devaient bien occuper leur temps à quelque chose, mais mon Dieu, quelle idiotie.

Maman parlait de nouveau : « ...est-ce que tu avances à tes cours de danse ? »

« Le maître de ballet est content. » Peut-être pourrait-elle lui soutirer un sourire après tout. « Douze nouvelles variations de la mazurka font fureur cette Saison, et nous les avons toutes apprises. »

« Tu m'en vois ravie. Au moins je n'aurai pas à m'inquiéter de ce côté-là. Dans le dernier rapport que j'ai eu de ta Directrice, elle disait que tu avais même acquis une certaine forme de grâce dans la salle de bal. Peut-être que ton début en société sera réussi après tout. »

Claire donna la réponse attendue. « Je l'espère ardemment, Maman. »

La femme de ménage passa le nez à travers la porte ouverte, tout en traquant énergiquement le moindre grain de poussière et de saleté sur le parquet et le tapis turc avec son balai aspirant. Son moteur, de la taille d'une miche de pain et fait de cuivre brillant marchait avec l'énergie cinétique produite par son mouvement perpétuel. Un engin de la sorte aurait grandement aidé cet après-midi !

« Claire, écoute-moi : je ferai tout ce que je peux pour te présenter à la crème de la société, mais c'est ton charme, ton esprit, ton... » Lady St. Ives sembla changer d'avis sur le dernier mot. « ... ta capacité de te rendre attrayante à des partenaires admissibles, qui détermineront ton succès. »

Oh, quelle joie ! « Oui, Maman. »

« À ce propos, nous n'avons pas une minute à perdre. Nous allons commencer par organiser des soirées en petit comité pour des invités triés sur le volet, pour préparer ton début. »

«Mais, Maman, vous avez dit vous-même que je ne pouvais pas entrer en société tant que je n'étais pas présentée. » Dieu merci.

« Ai-je parlé de grands bals ? Pas du tout. J'ai parlé de soirées en petit comité chez nous, comme celles que j'avais prévues le vendredi, le samedi et le mardi, et nous prendrons part évidemment au dîner progressif le vendredi soir, après la cérémonie de remise des diplômes. Si tu t'étais rappelée de ton essayage, tu aurais eu de nouvelles robes pour ces occasions. Maintenant au point où en sont les choses tu devrais te contenter d'une robe que tu as déjà portée, et j'espère que la nouvelle sera prête pour vendredi. »

Parler de toilettes était épuisant. « J'ai plusieurs jolies robes, Maman. » Elles étaient pratiquement neuves, car les invitations de Wellesley House et Astor Place n'avaient pas abondé.

LA DAME AUX ARTIFICES

« Je pense que le satin bleu, avec le drapé asymétrique et la dentelle d'Alençon, mettra mieux en valeur tes yeux et ta silhouette. Ce vendredi nous aurons un certain nombre de jeunes personnes à dîner et pour jouer aux cartes. » Lady St. Ives se leva et prit un morceau de papier de son écritoire. Sentant son mouvement avec la répulsion statique, le balai aspirant changea de direction pour éviter ses pieds. « Jette un coup d'œil sur la liste des invités et dis-moi si tu veux ajouter quelqu'un. Ton papa devra peut-être quitter la partie de cartes avant le souper, donc nous devons prévoir un certain nombre de personnes. »

Claire balaya la liste du regard... Lady Julia Wellesley. Miss Gloria Meriwether-Astor. Peter Livingston, Baron Bryce. Lady Catherine Montrose. Le Marquis de Blatchley. Lord James Selwyn.

Oh là là! À part le dernier qu'elle ne connaissait pas et dont elle pouvait espérer qu'il lui plaise, la liste ne promettait vraiment rien de bon. « Vous avez oublié Émilie Fragonard, Maman. »

« Chérie, j'espérais quelqu'un du sexe fort. En plus, son grand-oncle était un *artiste.* »

« C'est ma meilleure amie, et son grand-père du côté de sa mère est comte. »

À contrecœur sa mère rapprocha la plume du papier. « J'avais oublié ça. »

Claire étouffa un ricanement : la mémoire de sa mère était plus fiable que celle du Debrett's et contenait certainement plus de détails. Après tout Debrett's, l'annuaire nobiliaire, ne donnait pas la liste des revenus annuels des pairs du royaume et de leurs héritiers.

« Et si l'on ne fait que jouer aux cartes, j'aimerais inviter Peony Churchill et sa mère, Mme Stanley Churchill. »

Lady St. Ives la regarda fixement : « Une façon vraiment bizarre de prénommer sa fille. »

Claire n'avait échangé que quelques phrases timides avec le rejeton de son idole. Peony ne se mélangeait pas aux cercles que la mère de Claire encourageait, et la rumeur courrait vite si Claire la recherchait. Cependant, une invitation à Carrick House pourrait ouvrir des portes à Chelsea, si seulement elle pouvait convaincre sa mère.

« Le nom lui va bien. C'est une fille d'un certain...aplomb. »

« Mais sa famille ? Ses relations ? Sont-ils apparentés avec les Spencer Churchill ? »

« Je...je ne sais pas. C'est possible. »

« Voyons si c'est le cas, alors. » Sa mère posa son stylo-plume et se leva de son bureau.

« Mais Maman, j'aimerais que vous la receviez. Elle doit être de bonne famille, sinon elle ne fréquenterait pas le St. Cecelia. »

« Pas si sûr. Il y a beaucoup trop d'enfants d'ingénieurs et d'explorateurs qui essayent d'entrer dans cette école. Ce n'est qu'une question de temps, mais l'argent et les agissements ouvriront des portes qui autrefois ne s'ouvraient qu'à la noblesse. Je suis vraiment heureuse que ce soit ta dernière année là-bas. »

« Maman, je vous en prie. Ce ne sont que deux femmes ; je suis sûre qu'elles ne vont pas dépareiller notre soirée. »

« Je m'informerai pour savoir si elles sont apparentées aux Spencer. Si elles le sont je les accueillerai bien volontiers. »

*Et si elles ne le sont pas...*Claire entendit les mots aussi nettement que s'ils avaient été prononcés. Même si Claire le lui demandait à genoux, elle doutait que Lady St. Ives recevrait une femme qui avait aidé à tracer sur la carte le fleuve Niger, et dont les découvertes de gisements de diamants aux Canadas avaient attiré l'attention des financiers Sud-africains de la City. On ne lui permettrait même pas de parler à Peony Churchill dans les couloirs à l'école, et tous ses efforts dans ce sens se solderaient par un échec.

Frustrée, Claire se mordilla la lèvre et changea de sujet pour parler de quelque chose qui plaisait à sa mère. « Et comment va mon petit frère aujourd'hui ? Est-ce qu'il est arrivé à dire une phrase complète déjà ? »

Les traits de Lady St. Ives perdirent leur air pincé et s'adoucirent jusqu'à se détendre en un sourire. « Il l'a fait, oui. Sa nounou me dit qu'elle n'a jamais vu un enfant aussi éveillé. »

« Je vais aller le voir tout de suite. »

Ses doigts venaient juste de toucher la poignée de la porte quand sa mère dit, « Claire ? » Elle se retourna. « Qu'est-ce que tu as dans les cheveux ? »

Si seulement elle était allée voir le bébé avant cet entretien! Alors elle aurait pu mettre ça sur son dos. « C'est une infusion de pissenlit et de bardane, Maman. J'ai eu un accident au cours de Chimie domestique. »

Lady St. Ives soupira et la suivit vers la porte. « Qu'est-ce que je vais faire avec toi ? Va voir ton frère.

On dirait que tu es douée seulement pour jouer avec les petits enfants. »

Claire pensait qu'il y avait pire pour passer une soirée. Copier des centaines de lignes par exemple. Quelle chance qu'Émilie ait perfectionné son système de recopiage à plumes multiples pour ce genre de tâche ! Avec jusqu'à dix plumes fixées sur un bras réglable, Claire n'avait qu'à écrire dix fois l'odieuse phrase du Professeur Grünwald. Il faudrait remercier le Ciel pour les amis sur lesquels on peut compter.

4

« Je suis si heureuse que vous m'ayez invitée, Lady St. Ives. » Émilie avait l'air essoufflée tandis qu'elle laissait la femme de chambre prendre son manteau et faisait une petite révérence à la mère de Claire. Peut-être que le corset d'Émilie était lacé un peu trop serré ; ou peut-être était-ce simplement parce qu'elle ne recevait pas souvent des invitations.

« Nous sommes heureux que vous ayez pu venir. » On aurait même dit qu'elle parlait sincèrement, et d'ailleurs Claire n'en attendait pas moins de sa mère qui avait des manières parfaites.

Elle donna une bourrade à son amie et chuchota, « Heureusement que tu es venue. Je n'aurais pas survécu sinon. Tu seras ma partenaire au bridge. »

Émilie se laissa piloter jusqu'au salon, pendant que Claire prenait son courage à deux mains pour accueillir les nouveaux arrivés. Lady Julia l'embrassa comme si elles étaient les meilleures amies du monde, tout comme Lady Catherine. Se sentant aussi fausse que le chignon de Julia, Claire arbora un grand sourire et embrassa l'air près de ses joues. Ils méritaient tous de monter sur la scène de Covent Garden à ce rythme.

« Quelle jupe originale, Catherine, » dit-elle en toute franchise, en s'attardant sur la création en soie rose comme si c'était une chose vitale. On avait du mal à voir où finissait la jupe et où commençait le corps de Catherine. « Elle est neuve ? »

« Je l'ai reçue cet après-midi en fait, » dit Catherine, visiblement flattée par le compliment. « J'adore les créations de Madame du Barry, pas toi ? Et je trouve que ces bordures de dentelles sont le dernier cri. »

« Tu as raison, » murmura Julia. « Claire, je crois que tu as porté cette robe bleue au thé de la comtesse d'Englewood le mois dernier, n'est-ce pas ? »

Claire fut sauvée in extremis par l'arrivée d'un grand jeune homme qui suscita un arrêt sur image dans le hall pendant lequel les jeunes ladies mesurèrent son éligibilité de la tête aux pieds.

« Lord James Selwyn. » Penwith l'annonça et prit son haut de forme et sa canne avant que le jeune homme ne s'incline devant les parents de Claire.

« Je suis ravi de vous revoir. J'ai été extrêmement heureux de vous voir au bal de Lady Belmont. » Ses cheveux étaient coupés courts et d'un roux doré, et il portait une barbe rasée de près qui lui donnait l'air racé.

Avec une telle flamme dans ses yeux noisette, Claire le voyait très bien avec une boucle d'oreille en or et un coutelas.

« Selwyn. » Le vicomte St. Ives lui serra la main, et le nouveau venu effleura de ses lèvres le dos du gant blanc de Lady St. Ives, comme l'aurait fait un chevalier d'antan. Quand Claire et les autres jeunes filles lui furent présentées le vicomte dit, « Rejoignez-nous donc au salon — je crois que tout le monde est arrivé maintenant. Je dois aller — »

« Pas tout à fait, Papa, » dit Claire. « Mme Churchill et Peony ne sont pas encore là. »

« Peony ? » Lady Julia regarda par-dessus son épaule, arrêtée dans le geste de glisser une main amicale au creux du coude de Lord James, tandis qu'ils entraient ensemble dans le salon. « Peony Churchill vient ? »

« Elle a accepté mon invitation, » dit Claire. « J'espère qu'elles ont pu se libérer. »

« Vraiment. » Julia jeta un coup d'œil à Catherine et Gloria. « Quel divertissement infini. » Le petit groupe referma ses rangs autour de Lord James et se rendit dans l'autre pièce, tout en continuant à murmurer.

Claire passa dix minutes inconfortables à jouer aux hôtesses, offrant à ses invités du thé et du punch tandis qu'ils parlaient de tout et de rien avant le dîner. Est-ce que Peony et sa mère allaient venir après tout ? Si oui, est-ce que Julia et les autres auraient un comportement ou des mots qui embarrasseraient Peony à tel point qu'elle ne parlerait jamais plus à Claire ? Quand la sonnette de la porte résonna enfin, elle ne savait pas si elle devait être soulagée ou plus anxieuse encore.

Elle prit elle-même le manteau en poil de chameau couvert d'arabesques de tresses noires de Peony, et le tendit à Penwith. « Je suis si heureuse que vous ayez pu venir. » Les doigts de Peony étaient chauds dans sa main à elle, ses cheveux bruns recueillis en un chignon tressé moyenâgeux, haut placé sur sa tête, et rien n'échappait à ses yeux noirs perçants. « Et ta mère ? » Elle jeta un coup d'œil par-dessus son épaule, mais Penwith avait déjà fermé la porte.

« Elle vous envoie ses excuses : il s'est passé quelque chose au Parlement et elle a dû organiser une manifestation au pied levé. »

Oh mon Dieu ! Son admiration pour Mme Churchill augmenta proportionnellement à son espoir que Lady St. Ives n'ait pas entendu. « Eh bien, tu es ici et tu m'en vois ravie. Quelle robe extraordinaire ! » Le brocart, d'un rouge lie de vin profond, très déplacé pour une jeune fille, était si bien coupé qu'il ne pouvait venir que d'un endroit. « Est-ce qu'elle vient des Territoires américains ? »

« Tu as l'œil ! Oui, Maman se l'est fait expédier de New York sur le dirigeable transatlantique. Elle dit que je dois avoir au moins une nouvelle robe pour cette saison. Je suis quand même contente de savoir qu'elle n'essaie pas de me caser. »

« Tu as de la chance, » dit Claire en soupirant avant de pouvoir s'en empêcher. « Je veux dire — enfin — tu ne veux pas venir dans le salon ? »

Elle présenta Peony à ses parents, en prenant bien soin de dire que Mme Churchill avait été retenue à son grand regret, mais sans donner de détails. Sa mère s'occupa alors de faire les présentations, prenant la place de Mme Churchill pour introduire Peony auprès des jeunes hommes. Du coin de l'œil, Claire regardait sa mère conduire Peony vers les trois jeunes filles assises sur le canapé.

« Vous allez donc faire votre présentation officielle dans deux semaines comme les autres demoiselles ? » Une voix masculine la fit sursauter, et elle se tourna pour voir Lord James en face d'elle, retournant dans ses doigts un verre en cristal contenant un liquide ambré.

Peony dit quelque chose et les filles se mirent à ricaner. « Je — oui. » Oh là là, est-ce que Peony avait besoin d'aide ? Elle chercha autour d'elle une façon élégante de se débarrasser de lui. Généralement, dire des banalités fonctionnait. « Vous êtes en ville depuis longtemps ? »

« J'y suis depuis Pâques. Je m'occupe d'affaires qui pourraient me faire aller dans les Territoires américains à l'automne. »

« Ah bon ! » Qu'est-ce que Lady Julia disait maintenant avec ce grand sourire ?

« Oui. Mon associé et moi avons prévu de... »

« Je vous prie de m'excuser, Lord James. Mademoiselle Churchill n'a rien à boire. Elle va penser que je suis une piètre hôtesse. »

Avec un autre sourire, il s'inclina et se retourna pour parler avec Peter Livingstone, qui n'avait que dix-neuf ans et lui était apparenté, bien que la façon dont sa mère s'y était prise pour le savoir restât un mystère. Claire traversa la pièce pour s'approcher du bol de punch et en mit un peu dans une coupe.

« De la limonade, Peony ? »

« Merci. »

Lady Julia sourit avec la précision mécanique d'un automate. « J'étais justement en train de dire à Peony combien la coupe épurée de cette cuirasse la fait paraître mince. Et vous savez que les couleurs sombres sont un leurre pour la vue car elles font penser qu'une personne pèse beaucoup moins qu'en réalité. »

« Contrairement à l'excès de garnitures qui ajoute plusieurs centimètres à la silhouette, » dit Peony avec une bonne humeur placide. Lady Catherine pâlit et baissa les yeux sur son corsage rose.

« Avez-vous cousu votre robe vous-même ? » demanda Gloria. « Quel talent ! Félicitations. »

« Vos compliments sont mal placés malheureusement. Ma mère l'a commandée à New York. Je pensais que vous reconnaîtriez la styliste, car vous portez vous-même une de ses créations. »

« Ah, » dit Lady Julia. « Les Territoires américains. » Le ton même de sa voix suggérait que la robe de Peony avait été réalisée par quelque tribu sauvage, quelque part dans une plaine perdue. « Mme Churchill a, m'a-t-on dit, beaucoup de relations là-bas. Bien que ce ne soit pas avec des familles comme celle de la chère Gloria, n'est-ce pas ? »

« Elle a des amis partout dans le monde, » dit Peony. « Difficile de tenir le compte. »

« Ma mère nous appelle, » dit Claire en désespoir de cause. « Voulons-nous aller dîner ? »

Lady St. Ives, au grand soulagement de Claire, avait placé Julia entre Catherine et Blatchley, et Gloria à côté de Lord James, qui passa tout le repas à parler avec elle des Territoires américains. Cela laissait Claire entre Peony et Peter, flanqué d'Émilie de l'autre côté — une situation vraiment plaisante. La seule personne à Londres qui savait qu'Émilie avait un petit béguin pour le jeune gentleman était Claire, et donc elle n'avait pas de remords de le laisser converser avec elle et de diriger son attention sur Peony.

Celle-ci par ailleurs ne montrait aucun signe d'embarras ; Peony semblait amusée par les efforts des autres filles de la traiter avec condescendance et de la rabaisser. Comment une personne pouvait-elle avoir une telle force intérieure ? Est-ce qu'il suffisait d'avoir un modèle comme Mme Churchill ? Non, ce n'était pas possible. Lady St. Ives était tout aussi forte à sa façon, une maîtresse de maison hors pair. Elle avait même pris le thé avec Sa Majesté en pâlissant juste un peu, ce qui ne servit qu'à la rendre encore plus ravissante. Non, ce devait être quelque chose d'autre. Et Claire ne pouvait sûrement pas demander à Peony une chose aussi personnelle, surtout pas ici à la table du dîner avec toutes ces personnes à portée de voix. De plus, que se passerait-il si Peony riait ? Claire pouvait tout supporter mais pas le rire de quelqu'un qu'elle admirait. La seule pensée suffisait à lui faire maintenir la conversation sur des sujets très superficiels, avec le résultat que Peony la trouvait probablement complètement idiote.

Le fait de se séparer en groupes de quatre ou six pour jouer aux cartes n'apporta pas de soulagement. Claire dut attendre que Peony s'assoie à côté d'elle pour comprendre ce qu'elle avait en tête.

« Alors, » dit Peony, en mélangeant les cartes avec autant d'adresse que le commandant de péniche que Claire et Émilie avaient adoré dans *Le cœur du Mississipi*, un navet à l'eau de rose que sa mère ne l'aurait jamais autorisée à regarder si elle l'avait su. « Qui veut apprendre à jouer au poker ? »

« Qu'est-ce que c'est que ça ? » Émilie avait l'air déroutée. « Un jeu des Territoires américains ? »

Lord James se pencha en avant, et son sourire poli s'élargit davantage. « C'est un jeu de cartes auquel jouent les cowboys dans l'Ouest sauvage, » dit-il. « Mademoiselle Churchill, vous me surprenez. »

« Je vous choque, vous voulez dire. » Peony lui présenta les cartes en éventail en les faisant claquer. « Eh bien ? Est-ce que vous vous joignez à moi, ou bien est-ce que vos principes élevés vous obligent à vous cantonner au rôle d'observateur ? »

« Mes principes ne sont pas si élevés que ça. » Lord James tira la manche de son cousin. « Livingstone, joins-toi à nous ; Mademoiselle Churchill va nous apprendre un jeu de cartes. »

« Nous devons parier quelque chose, » dit Peony, « car j'imagine que vous ne voulez pas vous séparer du contenu de vos portefeuilles en présence de Sa Seigneurie. »

Claire regarda autour d'elle. « Est-ce que les morceaux de sucre peuvent faire l'affaire ? Ou les cure-dents ? »

Peony lui sourit. « Les cure-dents sont parfaits. Et nous avons besoin d'un joueur de plus. »

« Je me joins à vous. » Gloria, qui n'avait pas l'intention de perdre de vue Lord James, ne serait-ce que l'espace d'un jeu de cartes, s'assit gracieusement sur la chaise restante, ses jupes en soie crème s'étalant autour d'elle d'une façon faussement nonchalante.

Claire s'empara d'une boîte en argent pleine de cure-dents, et Peony expliqua les règles tout en montrant les cartes. Hum...ça n'avait pas l'air trop difficile. Il semblait que ce n'était pas tant ce qu'on avait en main qui comptait mais plutôt la façon dont on se présentait aux autres joueurs. Claire n'était peut-être pas douée en tout, mais faire bonne figure, quel que soit son état d'âme véritable, ça elle savait faire.

En peu de temps, le tas de cure-dents devant elle fut presque aussi haut que celui en face de Peony. « Mademoiselle Trevelyan, vous m'avez battu à plates coutures. » Lord James abattit ses cartes. « Je vous félicite et je passe. »

Puisque Gloria et Livingstone s'étaient retirés dès les premières minutes du jeu, il ne restait qu'Émilie à avoir une main active. Et même cela ne dura pas longtemps, car cinq minutes plus tard Peony avait gagné, ce qui ne surprit personne.

« Moi aussi je félicite une adversaire digne de ce nom, » dit-elle à Claire en souriant. « La chance du débutant ? »

« Je ne crois pas, » dit Livingstone. « Pas pendant une aussi longue période. Elle a failli vous battre. »

« C'est vrai, » en convint-elle. « Voulez-vous jouer une autre manche ? »

« J'espère que non. » Julia apparut soudain derrière l'épaule de Lord James. « Gloria, Lord James, je vous réclame tous les deux à ma table pour une main de Patience. »

Lord James se leva sans protester, mais au moment de repousser sa chaise, son regard charmeur rencontra celui de Claire. « J'attends une revanche, » dit-il. « C'était peut-être un coup de chance et pas une question d'habileté. »

Claire le regarda dans les yeux. Comment osait-il soulever des doutes sur ses capacités dans son propre salon ? « La chance sourit aux femmes habiles. Vous ne croyez pas, Lord James ? »

Il éclata de rire et tapota le dossier de la chaise de la paume de sa main, comme si c'était l'épaule invisible d'un partenaire. « C'est probablement le cas, Miss Trevelyan. Mais oui. »

5

« J'ai rencontré une jeune fille ce soir. »

Andrew Malvern, licencié en Sciences et membre de la Royal Society of Engineers, leva les yeux tandis que son meilleur ami, toujours en smoking, entrait dans le laboratoire qui occupait tout le premier étage de leur entrepôt. « Tu rencontres toujours des jeunes filles. Viens ici et dis-moi ce que tu penses de ça. »

Selwyn le rejoignit et tourna son regard appréciateur vers la chambre en verre tempéré avec des raccords et tuyaux en laiton. « Eh bien, Andrew. C'est resté exactement comme hier quand tu me l'as montré. Et ce n'était pas une fille quelconque: c'était la fille des St. Ives. »

« Ce n'est pas resté pareil. » Andrew remonta un levier et cinq kilos de charbon descendirent le long d'un conduit menant à la chambre. « Regarde, d'ici je peux contrôler exactement la quantité de courant qui passe à travers le charbon, et celle de gaz aussi. J'ai attendu toute la soirée pour pouvoir te le montrer. »

« J'ai été retardé par une partie de poker. »

Poker ? Andrew se concentra sur les yeux brillants de James. « Je croyais que tu avais dit que tu allais à Carrick House pour dîner et jouer aux cartes. »

« C'est ce que j'ai fait. Et une drôle de petite femme appelée Peony Churchill a appris à quelques-uns d'entre nous à jouer. Elle dit qu'elle a appris dans les Territoires américains mais j'ai du mal à le croire. »

« Peony ? Ce n'est pas la fille d'Isabel Churchill ? »

« Celle-là même. Dans le sacrosaint salon du vicomte St. Ives, rien de moins. Malheureusement Isabel n'y était pas, sinon tu aurais lu le compte-rendu des échauffourées dans le Times, demain. »

« Cela est encore possible. J'ai déjà reçu un pneumatique de Cadbury à la Société royale des ingénieurs sur la manifestation de ce soir à Whitehall. Apparemment il y a de l'agitation parmi les braves anglais qui ont investi les économies de toute leur vie dans la Société pétrolière Persia-Albion. Les Pairs arrivaient tout juste à passer par la porte pour aller voter. »

James ricana. « Imbéciles ! Leurs pauvres moteurs à combustion sont trop instables, et personne n'arrive à les fabriquer d'une autre façon, malgré toutes les expositions qu'ils organisent au Crystal Palace. La vapeur est la technologie qui continuera à alimenter le monde. »

« C'est la raison pour laquelle j'attire ton attention sur cette chambre. »

Il tendit à James une paire de lunettes de protection avec des verres fumés couleur marron foncé. « Mets ça et observe. »

Andrew mit ses propres lunettes, puis appuya sur deux leviers. La chambre commença à ronronner. Quand il tira une troisième manette, un filet de gaz vert entra dans la chambre par le haut et se solidifia dès qu'il entra en contact avec le charbon. Le ronronnement s'intensifia et soudain un éclair brillant fusa à l'intérieur, comme s'il avait été engendré par les parois de la chambre elle-même.

En réalité, c'était du courant électrique pur. « Tu vois ? La charge puissante fait pénétrer le gaz dans le charbon, en augmentant son pouvoir de combustion. » Andrew attendit que la puissance de la chambre ait diminué et, de sa main gantée, retira un morceau de charbon suralimenté. « Mets ça dans une chaudière, et tu n'auras qu'à... »

Le morceau de charbon s'effrita en petits morceaux.

James le scruta puis s'enleva les lunettes pour regarder de plus près encore. « Est-ce que c'est censé faire ça ? »

La main d'Andrew se serra en un poing de frustration. À travers le cuir, il sentait les particules de charbon crisser dans sa paume. « Bien sûr que non. Tous mes calculs indiquaient que le gaz aurait durci le charbon, en renforçant sa propension à brûler plus longtemps, permettant ainsi aux trains à vapeur de voyager plus loin avant de se réapprovisionner. »

« Si j'étais toi, je reverrais ces calculs. »

Andrew fit de son mieux pour cacher la déception et — oui — l'humiliation qu'il ressentait jusque dans les entrailles dues à l'ignominieuse conclusion de l'expérience à laquelle il travaillait depuis des semaines. « Tu te moques de moi ? »

« Pas du tout. » Il entoura de son bras les épaules d'Andrew. « Je n'ai pas la bosse des maths et de la physique comme toi. Je suis juste celui qui a eu l'idée et a financé cette initiative. Nous trouverons la bonne combinaison d'éléments, n'aie pas peur. »

« Je sais, on y arrivera. » Les épaules d'Andrew s'affaissèrent tandis qu'il regardait la chambre récalcitrante. « Mais le temps presse ; le monde évolue rapidement. »

« J'ai la plus grande confiance dans ta capacité de suivre son rythme, Andrew. Cette invention nous fera devenir riches. Tous les fabricants de vapeur et de trains nous feront la cour, réclamant une licence pour ce processus. Dans chaque cour de triage il y aura un homme formé à l'utilisation de cet équipement. Car ces chambres deviendront si vitales pour l'industrie ferroviaire que des entreprises entières seront créés pour les fabriquer. »

Andrew marqua une pause pour assimiler l'ampleur de la vision de James. C'est de cela dont il avait besoin chez un partenaire — un homme qui puisse voir, au-delà des limites d'une chambre de compression, l'horizon d'un avenir façonné par leurs capacités et leurs rêves.

« Tu as raison. » Il enleva les gants et les posa de côté, puis retira le tablier en cuir doublé de plomb. Son corps se sentit étrangement léger sans le poids familier de sa protection. « Viens, je vais nous servir un verre et tu pourras tout me raconter sur cette fille. »

Les planches épaisses du sol du loft sonnaient creux sous leurs pieds tandis qu'ils marchaient vers le bureau spacieux d'Andrew, avec sa fenêtre de toit, son ouverture en lucarne offrant à cette heure-là un saupoudrage d'étoiles. Il alluma les deux lampes posées sur le bureau et enroula quelques dessins de la chambre de compression, pour faire de la place pour la bouteille et deux verres du buffet.

James versa un peu plus de deux doigts de Glenlivet et tendit le verre à Andrew. « On dirait que tu en as besoin, après une telle déception. »

L'intensité de l'alcool brûla sur son passage l'âpreté du regret. « Je m'en remettrai, et comme tu as dit, je retenterai l'expérience. Mais assez parlé de ça ! Je suis ravi que ta soirée ait été réussie, d'autant plus que j'ai dû te convaincre à y aller. »

« Les minauderies d'écolières ne sont pas habituellement ma tasse de thé, » admit James. « Mais elles terminent le lycée dans une semaine, et seront présentées officiellement la semaine suivante. Je considère ça plutôt comme une répétition, sans la concurrence ennuyeuse de tous les autres jeunes coqs. Livingstone est de la famille bien sûr, et Bryce est suffisamment courtois. Avec les deux, on pourrait faire un cerveau humain convenable. »

Andrew rit de bon cœur et il avala de travers le whisky, ce qui le fit tousser. « C'est des Aristos, je suppose ? » demanda-t-il quand il put de nouveau parler.

« De l'espèce la plus ennuyeuse. Mon éminent cousin n'est même pas au courant qu'il y a une expédition revenant d'Amazonie et encore moins qui la conduit. Et quant à Bryce, un dirigeable passant au-dessus de sa tête lui fait autant d'effet qu'un nuage. Il ne voit pas cela comme le couronnement d'un exploit du génie humain, mais simplement comme quelque chose qui lui passe devant. »

« Jusqu'à ce qu'il veuille aller à Paris. » Andrew admirait la lampe à travers le verre de whisky couleur de tourbe.

« Alors il pourrait voir les choses différemment. »

« Pas lui. Une voiture et un ferry feraient l'affaire, je crains bien. »

Andrew fit la grimace. « Le pauvre homme ; imagine-toi vivant dans son cerveau. »

« Je n'y arrive même pas. Revenons à un sujet plus réjouissant : les femmes. Mademoiselle Peony Churchill est une agréable surprise. »

« Je croyais que c'était la députée qui t'intéressait. »

« Andrew, mon doux rêveur, il y a les filles que tu regardes en pensant au mariage, et il y a celles que tu regardes, point. Pour le plaisir pur et simple. »

Andrew fronça les sourcils. « Je ne dirais pas ça à portée de voix de Mme Stanley Churchill. Tu te retrouverais fendu en deux par une des épées exotiques qu'elle collectionne, dit-on. »

« Je garde mes pensées pour moi, ne t'en fais pas. Mais la demoiselle est un morceau de choix, et je confirme. »

« James, ta mère doit être en train de se retourner dans sa tombe. Ne dis pas ce genre de choses à propos d'une jeune fille de si bonne famille. »

« Elle va devenir exactement comme sa redoutable mère, je te le dis. Et puis, si une lady ne veut pas qu'on parle d'elle ni qu'on la regarde, elle n'a qu'à ne pas mener une vie publique. »

Depuis quand avait-on le droit de dénigrer une vie consacrée à la recherche de la connaissance et à la comparer à celle d'une prostituée de Whitechapel ?

« Je ne veux pas que tu parles de cette façon de Peony ou de Mme Churchill. Tu sais aussi bien que moi que cette dernière est une experte d'enquêtes scientifiques, et qu'elle est bien avec le Premier Ministre également. On aurait de la chance si on pouvait se faire remarquer par elle d'ailleurs, James. Parce qu'un mot de sa part pourrait ouvrir des portes auprès de gens mieux placés et plus fortunés que nous. »

James eut la bonne grâce de paraître décontenancé. « Tu as raison, je suis désolé. » Il se racler la gorge et se versa encore un peu à boire. « Mais le fait est que Mademoiselle Churchill est une fille très originale. La fille de Wellesley et la Montrose au sourire chevalin pâlissaient en comparaison. En les regardant toutes les deux je ne pensais qu'à un étalage de meringues, de couleurs pastels, mises en vitrine chez un confiseur. »

« Mais la fille St. Ives ? Ce n'est pas une meringue elle ? J'avoue que je n'ai rien entendu dire sur son compte, et que je ne l'ai jamais vue en ville. »

Andrew était soulagé que la conversation prenne un tour plus normal. James et lui étaient souvent en désaccord quand il s'agissait de physique, de chimie ou de philosophie, mais pas quand il s'agissait d'affaires de cœur.

En y réfléchissant, il n'arrivait pas à se souvenir d'une discussion sur des affaires de cœur avec lui. Un sujet étrange et sensible entre tous, et qui ne se prêtait pas à être galvaudé par des hommes étourdis et inexpérimentés. Ce territoire appartenait sans conteste aux femmes, mieux équipées pour l'explorer.

« Toi ? Sortir en compagnie ? » se moqua James. « Si une lady ne vient pas à une conférence ou ne se promène pas dans les expositions du Crystal Palace, tu ne t'aperçois même pas qu'elle existe. » Andrew reconnut que c'était vrai par un petit hochement de tête. « Mademoiselle Claire Trevelyan serait un régal pour les yeux si elle se faisait valoir un peu plus et si elle avait un tant soit peu de conversation, » continua James. « Heureusement, les deux défauts peuvent être facilement corrigés. En réalité, je pense qu'elle cache ce dernier car elle a peur de sa redoutable mère. Mais ce qui a vraiment attiré mon attention, c'est le fait qu'elle m'ait battu au poker. »

Andrew souleva un sourcil. « Ah, elle a fait ça ? Une entorse à la bonne éducation. »

« La jeune fille est vraiment un as aux cartes ; et en plus c'était son coup d'essai. Tout ça me porte à croire qu'il doit y avoir un cerveau qui se cache derrière ces grands yeux gris. »

« Si tu as remarqué la couleur de ses yeux, mon cher ami, alors tu es perdu. » Andrew posa son verre vide. « Permets-moi d'être le premier à te féliciter. »

Lord James Selwyn avala d'un coup sec la dernière gorgée de whisky et sourit. « Chaque chose en son temps, Andrew. C'est comme une pêche parfaite qui mûrit sur l'arbre en espalier, on ne peut pas accélérer ce genre de choses. »

Andrew pensa à sa chambre à compression, stérile et infructueuse, derrière lui au laboratoire. Comme d'habitude, James avait raison. Mais le temps était une denrée aussi précieuse que l'argent, ces temps-ci. En effet, en ce qui le concernait, ils étaient les faces d'une même médaille.

6

Le soleil inondait le visage de Claire comme une bénédiction — qui lui déclencherait d'ailleurs une poussée malheureuse de tâches de rousseur si elle ne descendait pas de cette estrade d'ici cinq minutes.

« Mademoiselle Claire Trevelyan, premiers prix de mathématiques et de langues, et lauréate de la médaille de Son Altesse Royale Alice, pour la meilleure dissertation en allemand ! »

Claire fit un pas en avant pour serrer la main du proviseur de St. Cecelia, et prit la chemise reliée en cuir contenant son diplôme. Enfin, le précieux parchemin était entre ses mains, avec son sceau en cire rouge portant le blason de l'école ! Le proviseur lui passa une médaille en or de la taille d'une guinée suspendue à un ruban violet, autour du cou. Elle prit place sur sa poitrine, avec tout le poids d'une certification. Elle ne pensait pas que la Princesse Alice eut lu sa dissertation qui était une analyse du nouveau modèle de landau à vapeur à quatre pistons de Herr Emil Brucker ; mais il était très gratifiant d'avoir remporté ce prix, et de voir l'orgueil se dessiner sur le visage de sa mère, tandis qu'avec la nounou de Nicholas, elles la regardaient descendre les marches et se frayer un chemin jusqu'aux premiers rangs de chaises disposées sur la pelouse de l'école.

Son père était censé venir. Une partie de la raison pour laquelle elle avait écrit sur le landau à vapeur était de lui donner envie de lire sa dissertation primée, qu'il soit ébahi de la profondeur de ses connaissances, et qu'elle puisse ainsi conduire le landau en ayant son entière bénédiction. Elle avait gravi une route longue et difficile semée de trémas, de consonnes et de mots polysyllabiques pour rien, en fait.

Mais non. Une femme d'esprit ne devait jamais désespérer. Si ce n'était pas aujourd'hui, ce serait demain ; elle pourrait insister auprès de lui pour qu'il prenne le temps de lire son essai, même s'il ne l'avait pas vue recevoir la médaille. Elle pouvait toujours la porter au petit déjeuner.

Quand la cérémonie prit fin — Lady Julia ayant reçu le premier prix d'amabilité et Émilie le trophée académique général — elle rejoignit sa mère qui l'enveloppa dans une embrassade parfumée.

« Je suis si fière de toi, ma chérie ! » dit-elle, en reculant pour mieux regarder Claire, comme si elle ne l'avait pas vue depuis des années et était étonnée de la voir grandie. « Je ne savais absolument pas que tu avais écrit une dissertation en allemand. »

« Tu peux la lire si tu veux. C'est sur ... »

« Oh mon Dieu ! Le français a déjà été une épreuve pour moi, mais l'allemand a été insurmontable. Je te félicite. »

« J'espère que papa la lira. D'ailleurs j'espérais qu'il allait venir. »

Une ombre passa sur le visage de sa mère. « Ton père est retenu à la Chambre des Lords. Il y a passé de longues heures, travaillant pour le bien du pays, ce qui devrait te rendre fière, au lieu de le vouloir ici pour ton égoïsme personnel. »

Claire ne pensait pas que vouloir que ses parents assistent à sa remise de diplôme relevât de l'égoïsme. Enfin, juste un peu peut-être. « J'espère que quand je recevrai le diplôme universitaire il pourra venir. »

« Je suis sûre qu'il...quoi ? »

« L'université, Maman. Je voudrais aller à Oxford à la rentrée et étudier une matière scientifique. » En fait Claire essayait de noyer le poisson, parce qu'elle voulait faire des études d'ingénieur.

Lady St. Ives la regarda bouche bée, comme si elle la voyait pour la première fois. « Quelle absurdité, mon enfant ! »

Peut-être aurait-elle dû lui en parler de façon plus graduelle ; passer un peu de temps à l'amadouer et l'habituer à l'idée. Mais comme l'université semblait si proche et qu'il régnait une certaine euphorie, les mots lui avaient échappés avant qu'elle ne réfléchisse.

Ils lui manquèrent complètement en voyant la tête que faisait sa mère.

« Tu dois faire sortir de ta tête sur-le-champ ces idées ridicules. Ta Saison va bientôt commencer, puis tu choisiras un jeune homme comme il faut et vous échangerez vos promesses de mariage d'ici l'automne. » Elle prit le bras de Claire pendant que la nounou, tout en portant son petit frère, les guidait pour traverser la pelouse. « L'université. Le fantôme du Grand César... tu me fais honte. Quelle autre bizarrerie vas-tu me sortir la prochaine fois? »

« Il n'y a rien de honteux à vouloir une instruction universitaire. » Claire insistait en ayant l'impression qu'elle parlait dans le vide et que ses mots se perdaient dans le vent. « Je ne veux pas me marier aussi tôt. Je veux entamer une carrière, comme... »

« Comme qui? » Arrivées au portail, Lady St. Ives la tança : « Comme cette Churchill ? »

« Mme Churchill est admirée par les gens civilisés sur trois continents, » dit Claire de la voix la plus ferme possible.

« Isabel Churchill est une femme qui s'auto-encense, démagogue, qui a déserté son foyer et son avenir pour bourlinguer dans le désert avec l'argent des autres. Je ne te permettrai pas de la prendre comme modèle de réussite dans la sphère féminine. »

Claire recula d'un pas, comme giflée par ces mots.

« Je suppose que cela te choque, mais c'est une Méritos de la pire espèce, et je regrette vraiment d'avoir reçu sa fille chez nous la semaine dernière. Elle n'a aucun lien de parenté avec les Spencer Churchill. J'avais été mal informée. »

« Tu ne l'aimes pas parce qu'elle n'est pas noble. »

« Ne parle pas comme si tu étais encore une écolière écervelée. Viens, nous devons te ramener à la maison à temps pour que tu t'habilles pour ta réception et l'invitation au salon de Wellesley House ce soir. »

Se sentant d'humeur rebelle, Claire faillit refuser de continuer à marcher avec la femme qui venait de balayer tous ses espoirs avec la nonchalance de celle qui chasse une mouche. Mais dans ce cas elle devrait aller à pied à la maison, et faire presque un kilomètre en souliers à talons serait au moins aussi pénible que rentrer en calèche assise en face de Sa Seigneurie.

Elle était toujours en rage quand Silvie, la femme de chambre de sa mère, l'aida à se débarrasser de sa robe d'après-midi et à enfiler sa nouvelle robe de soirée. La dernière chose qu'elle avait envie de faire était de faire semblant d'être contente d'accueillir des gens dans cette maison arriérée. Ses parents vivaient au siècle précédent, un point c'est tout. Ils n'y pouvaient rien si les choses qu'ils avaient connues — sang, lignée, naissance — étaient devenues un anachronisme face à la puissance du cerveau humain.

La société s'était divisée en Aristos et Méritos — les premiers guidés par le Prince de Galles, les seconds par le Premier Ministre M. Leonard Darwin, le fils du célèbre naturaliste — et quand une partie prévalait, il était naturel que l'autre s'affaiblisse.

LA DAME AUX ARTIFICES

La pensée que sa mère devenait de moins en moins importante, sans même s'en rendre compte, fut une source d'amusement en tous cas.

Ce fut une maigre consolation quand Claire dut se tenir debout à ses côtés pour accueillir leurs invités. Une harpiste avait été engagée et on danserait plus tard chez Lady Julia, bien que le bal ait été qualifié de réception pour prévenir les commérages sur le fait que Lady Julia et ses camarades de classe participassent à un bal avant d'avoir été officiellement présentées. Entretemps, des fêtes du même genre formant un dîner progressif battaient leur plein à Mayfair et à Kensington, les jeunes diplômés allant de maison en maison pour siroter une limonade par ici, grignoter un hors d'œuvre par là, remplir une assiette de petits fours et de macarons ailleurs.

Il ne restait plus qu'une heure avant qu'Émilie et elle puissent s'absenter elles aussi, et pendant la brève promenade vers Wellesley House elle pourrait se défouler en racontant tous les détails à sa meilleure amie.

« Vous êtes en train de réfléchir à une autre stratégie pour battre tous vos adversaires au poker ? » Une voix masculine résonna derrière elle et Claire, surprise, se retourna.

« Lord James. »

Il s'inclina et lui tendit la main. « Mes meilleurs vœux à la nouvelle diplômée. » Quand il lui serra la main de nouveau, ses cils battirent plusieurs fois. « Et les félicitations sont de rigueur à ce que je vois. »

« Merci. » Elle effleura du doigt la médaille ronde et dorée accrochée juste au-dessous de sa clavicule, que

Lady St. Ives avait insisté pour qu'elle porte, et elle résista à l'envie de l'enlever et de la mettre dans son corsage. Elle portait sa première robe décolletée, réalisée par Madame du Barry, et elle ne s'était pas encore habituée à la façon dont les regards s'attachaient à sa peau nue. « C'est la médaille de la princesse Alice pour un essai que j'ai écrit en allemand. »

« Bravo ! *Ich spreche nicht Deutsch gut.* »

« Moi non plus, mais la commission pense apparemment que je l'écris plutôt bien. »

Il rit et se tourna pour regarder les personnes qui se déplaçaient du salon, où étaient disposées les boissons, au buffet dans la salle de musique, qui était suffisamment grande pour contenir la compagnie toute en robes de soie et bavardages, maintenant que le piano avait été poussé contre le mur.

« Et vous êtes contente d'être la reine du jour ? »

« Pas particulièrement. » Elle prit une inspiration ; s'il y avait une chose que Lady St. Ives lui avait bien recommandé, c'était qu'en faisant la conversation avec des gentlemen, on n'exprime pas ses véritables opinions à moins qu'elles ne concernent le temps, la musique ou la littérature classique. Et parfois, selon le gentleman, même pas là-dessus.

Encore une fois Lord James éclata de rire, bien que Claire n'ait pas voulu faire de l'esprit. « Et pourquoi pas ? En général on pense qu'être à une fête en son propre honneur peut être agréable. »

Claire fit un sourire de circonstance. « Bien sûr, et j'en suis ravie. Je voulais simplement dire que je ne suis pas particulièrement une reine — d'un jour, d'une heure, ni même d'une minute. »

Il prit sa main dans la sienne. « Peut-être que non. Mais parler avec vous a certainement couronné cette minute, cette heure, pour moi. Je vivrai dans ce halo le reste de la soirée. »

Elle cligna des yeux, ne sachant quoi répondre, tandis qu'une bouffée de chaleur montait à ses joues. Elle ne rougissait pas de façon flatteuse, comme le faisaient Gloria Meriwether-Astor ou Lady Julia. Elle se couvrait de plaques rouges.

Claire détestait qu'on la fasse rougir de cette façon.

Elle retira ses doigts gantés des siens. « Monsieur, je vous prierais de ne pas exprimer de si beaux sentiments qui ne peuvent pas être vrais, vu notre connaissance si récente. » Elle avait le ton aussi ferme que celui de sa propre grand-mère, mais elle ne put s'en empêcher. Ce qu'elle aurait vraiment voulu lui dire ne pouvait pas être dit à haute voix dans la maison de ses parents. « Veuillez m'excuser, je dois me consacrer à mes autres invités. »

Dans un froufroutement de soie vert pomme, elle s'enfuit dans le salon. Où était son père ? Peut-être pouvait-elle le convaincre de parler à Lord James pour lui faire comprendre qu'elle était beaucoup trop jeune pour recevoir ses attentions, surtout qu'elle était censée être en classe encore jusqu'à la semaine prochaine. Elle n'aurait jamais cru devoir recourir à un tel subterfuge, alors qu'elle avait vécu jusqu'à présent le fait de quitter St. Cecelia et ses professeurs comme une entrée joyeuse dans le monde adulte.

« Je n'ai pas vu ton père, moi non plus, » murmura Émilie au moment où Claire fit semblant de verser une coupe de punch à son amie pour qu'elles puissent se parler en privé. « Je pensais qu'il avait promis d'être ici ce soir. »

« Il l'avait dit au petit déjeuner. Maman dit qu'il est retenu à la Chambre des Lords, où il y a un vote important concernant la gestion du pays. Mais quand même ... »

« On ne reçoit qu'une fois son diplôme, et il l'a raté, » termina Émilie. « Mais ceci dit, je suis sûre qu'il rabattrait son caquet à Lord James s'il était ici. Même s'il est absent, tu es toujours sous sa protection ; après tout on est chez lui. Selwyn ne peut pas se comporter comme cela et s'attendre à être reçu dans la bonne société. »

« Je prendrai toute la protection que je peux trouver, si cela signifie ne pas voir ce regard dans ses yeux. » Elle fit une pause, puis dit d'un seul trait, « J'ai eu l'impression d'être une statue nue et froide de l'Antiquité grecque, incapable de couvrir ma nudité. »

« C'est horrible. » Les yeux d'Émilie exprimaient la compassion et un certain émoi. « Cet homme est un goujat et tes parents ne le recevront plus quand ils seront au courant. » Elle contempla la salle, brillant de tous les feux des chandeliers électriks et pleine des parfums des jeunes filles et des bouquets de lys blancs sur les tables d'appoint. « Est-ce que c'est une impression, ou bien la foule est-elle en train de diminuer ? »

« On doit être entre deux vagues d'invités, » dit Claire, reconnaissante de la diversion. « Maintenant le moment serait bien choisi pour aller retoucher nos toilettes. Tu es toujours d'accord pour aller avec moi à pied jusqu'à Wellesley House, même si ce n'est pas très élégant ? Papa a le landau, et Maman emmène ma grand-mère et mes deux grands-tantes dans la calèche. »

Derrière elle, la porte d'entrée claqua. La première pensée de Claire fut qu'elle avait vexé Lord James si profondément qu'il s'était mis suffisamment en colère pour prendre congé. Mais non, il était dans la salle de musique, près du piano, en train de parler avec Gloria. Elle se précipita dans l'entrée, suivie de près par Émilie et Lady St. Ives.

« Mon Dieu ! » exclama sa mère en voyant le Vicomte tituber sur le carrelage en marbre du hall et s'agripper à la rampe sculptée de l'escalier, la poitrine haletante. Toutes les lampes avaient été allumées et elles éclairaient maintenant un visage devenu gris et une cravate desserrée et fripée. Il se passa une main dans les cheveux et Claire se rendit compte qu'il avait perdu son haut de forme. « Vivian, êtes-vous blessé ? »

« Nous sommes perdus, » grommela le vicomte. « Persia-Albion a fait faillite. J'y avais investi tout ce que nous possédions et maintenant tout est perdu. » Il eut un hoquet, comme s'il sanglotait mais sans larmes. « Je suis vraiment navré, Flora. Absolument navré. Pour tout. »

Il se précipita dans son bureau, claqua la porte en laissant Claire et sa mère bouche bée et les yeux rivés sur la porte comme si elles avaient vu un fantôme sorti de nulle part, y passer à travers. De derrière les lambris en chêne peints en blanc provint le son d'une autre porte qui claquait.

Non. Ce n'était pas une porte. Claire avait claqué toutes les portes un jour ou l'autre pendant son adolescence et ce n'était pas le son d'une porte.

C'était le son d'un coup de pistolet.

7

The Times of London
14 Juin 1889

VICOMTE MEURT AU COURS D'UN ACCIDENT TRAGIQUE

À l'image du sort tragique des fortunes de ceux qui ont investi avec lui dans la Société Persia-Albion Petroleum, Vivian Trevelyan, Vicomte St. Ives, a laissé sa famille éplorée vendredi dernier. Pendant qu'il nettoyait sa collection de pistolets géorgiens, il ne s'est pas rendu compte qu'une des armes à feu était chargée et le coup est parti, tuant sur-le-champ Sa Seigneurie.

À l'enterrement hier, une femme de chambre portait Nicholas, 19 mois, actuellement quatorzième vicomte, qui pleura pendant la messe, comme s'il avait compris qu'on mettait son père en terre. Lady St. Ives, que l'on pouvait aisément pardonner de ne pas respecter la mode dans ces tristes circonstances, a veillé à être à la hauteur de sa réputation de goût et de distinction, et s'est présentée dans une robe de deuil brodée de perles de la Maison Elsevier de Paris, et un manteau en velours fourré de duvet de cygne assorti d'un chapeau de chez Belleville. Sa fille Claire, dont le seul style est que dorénavant on l'appelle Lady Claire, est restée silencieuse aux côtés de sa mère pendant toute la messe.

Ce journaliste ne connaît pas le sort de la Société Persia-Albion Petroleum, de laquelle le vicomte était le principal actionnaire, tout comme quelques Aristos très en vue, et certains disent, même Sa Majesté. Toutefois, des rumeurs dérangeantes ont circulé concernant la solvabilité de la société. Reportez-vous à la page Affaires pour plus de détails sur cette malheureuse affaire.

Dans les bons jours, Claire arrivait à faire semblant que son père fut simplement en déplacement — à la Chambre des Lords pour traiter d'affaires d'état, ou en Cornouailles pour un bref séjour à Gwynn Place. Le

vicomte avait été plus connu comme investisseur habile
et l'une des figures de proue de la société londonienne que
comme homme attaché à sa famille. Ce n'était pas
comme si Claire avait été proche de lui. Mais c'était
quand même son père et l'un de ses repères dans la vie,
et sans lui toute la maisonnée était partie à la dérive.

Dans les mauvais jours, la seule chose qui faisait sortir
Claire de la morosité de son deuil, c'était de savoir que
quelqu'un devait répondre à la longue liste de
condoléances et de courrier encadré de noir, dont les
curseurs en cuivre s'étaient empilés sur le plateau du
salon, à tel point que Penwith avait dû se résoudre à aller
chercher un coffre en bois pour les contenir. Le nouveau
vicomte ne pouvait pas s'en charger et Lady St. Ives
n'était pas en état de le faire. À part le jour de
l'enterrement, elle n'avait pas quitté sa chambre depuis
la terrible nuit et avec ce que Silvie lui avait raconté, elle
n'avait pas l'intention d'en sortir dans un futur proche.
Claire considérait que la famille avait bien fait d'assister
aux funérailles. Si elle ne l'avait pas fait, les ragots
auraient été enchantés de remplir les blancs que le Times
avait laissés si courtoisement ouverts.

La sonnette de l'entrée résonna pour la quarantième
fois, semblait-il, depuis le petit déjeuner, et contrairement
à ses habitudes Claire s'arrêta dans l'escalier, partagée
entre la curiosité et le sens du devoir.

« Je suis désolé Mademoiselle, mais la famille n'est
pas là, » dit Penwith. Il devait être fatigué de prononcer
les mêmes mots depuis quelque temps. D'un autre côté,
cela lui évitait de devoir les dire elle-même.

« Mais il faut absolument que je voie C...euh, Lady Claire, » dit la voix d'Émilie, empreinte d'inquiétude.

« Lady Claire n'est pas en mesure de recevoir des visites, Mademoiselle. Vous avez dû voir le crêpe noir au-dessus de la porte. »

Malgré le crêpe, elle était en mesure de la recevoir. « Tout va bien, Penwith. » Claire descendit rapidement les marches, sa jupe traînant derrière elle dans une masse de ruches et de plis. « Je suis toujours à la maison pour mademoiselle Fragonard. » Elle entraîna Émilie dans le salon et l'étreignit avec transport, les larmes non versées lui revenant dans la gorge. « Je ne peux pas te dire combien je suis heureuse de te voir. »

« Je t'ai envoyé un pneumatique tous les jours, » dit Émilie, avec un soupçon de reproche dans la voix.

« C'est vrai ? » Claire s'écarta d'elle et lui indiqua une deuxième pile de pneus sur l'écritoire, qui, elle aussi, défiait les lois de l'équilibre.

« Oh mon Dieu ! » Émilie eut l'air de calculer mentalement. « Il y a deux bonnes semaines de réponses à écrire entre ici et le hall d'entrée. »

« Au bas mot. Je n'arrive même pas à y penser. »

« Pense plutôt à la gentillesse des amis de ta famille, » dit gentiment Émilie. « Ils veulent vous faire savoir qu'ils pensent à vous. »

« Je sais, » Claire prit, sur le dessus de la pile, une lettre de l'intérieur d'un curseur et l'aplatit de la main. « Et j'apprécie. Vraiment. Mais que puis-je dire à tous ces gens? Personne ne croit vraiment à ce que le Times a dit et nous n'osons pas le réfuter. »

LA DAME AUX ARTIFICES

Émilie prit la lettre des mains de Claire. « Ils ne seraient jamais assez grossiers pour le dire à haute voix. Pense à ce qui compte vraiment : leurs condoléances. Et pour ça j'ai juste ce qu'il te faut : tu te rappelles de mon Copiste multi-pointes ? »

« Tu veux me donner des lignes à recopier ? » Est-ce-que c'était une façon de la distraire ?

« Mais non, petite sotte. Où est ton papier à lettres de deuil ? » Elle fouilla dans les cases de son écritoire. « Ça ne fait rien, j'en ai. On aligne les cartons de réponse comme cela... » Elle les disposa comme des dominos et s'assit elle-même devant le secrétaire. Les dix pointes de son engin étaient positionnées en suspens au-dessus du papier à lettres couleur ivoire. « ...et tu commences à rédiger la lettre. Qu'est-ce que tu voudrais dire ? »

« Que ferais-je sans toi? » Claire recueillit ses esprits et essaya de se souvenir de ce que sa mère et elle avaient fait quand sa grand-mère Trevelyan avait été rappelée à la vie éternelle. « Nous vous sommes extrêmement reconnaissants de vos témoignages d'amitié en ces jours de deuil et de tristesse, » commença-t-elle lentement. Les pointes d'Émilie crissaient sur les feuilles pendant qu'elle parlait. « Le vicomte, Lady St. Ives et moi vous remercions de vos pensées et nous espérons que la main de Dieu nous protègera toujours.

« ...toujours. Rien d'autre ? »

« Non. Donne-les-moi pour que je les signe. Heureusement qu'on se sert de la même encre noire: India Black. »

Émilie lui jeta un regard par-dessus la monture de ses lunettes. « C'est une plaisanterie ? »

Claire fit la grimace. « Non, désolée. Seulement du mauvais goût. »

« C'est bon signe. Ça veut dire que tu vas peut-être reprendre le dessus. »

« J'imagine que oui ; et Nicholas s'en remettra lui aussi, malgré le fait tragique qu'il n'aura pas connu notre père, qu'il ne pourra jamais apprendre à conduire avec lui, comme moi. Il ne pourra jamais le voir arriver à l'heure du dîner et courir dans ses bras, comme je l'ai fait. » Elle fouilla dans sa manche pour prendre son mouchoir trempé.

« Mais tu pourras lui apprendre à conduire le landau à vapeur, quand le moment sera venu. » Les yeux d'Émilie étaient pleins de compassion et Claire s'efforça de faire appel à son self-control.

« C'est vrai, » dit-elle, en avalant ses larmes « ça je peux le faire. » Elle prit le lot suivant de curseurs et commença à en extraire les contenus. Tout ce qu'elle devait faire c'était de recopier l'adresse sur chaque pneu et enfiler une réponse dedans. Émilie méritait bien d'avoir remporté le prix académique général : elle était géniale ! « À cette allure, on pourrait avoir fini à l'heure du thé, juste à temps pour le prochain courrier. »

« Cela vous fait presque désirer de n'avoir pas de connaissances, n'est-ce-pas ? » lui demanda Émilie, penchée sur son travail.

« Presque. » Claire tourna son attention vers la pile d'un air sérieux.

LA DAME AUX ARTIFICES

8

D'après Claire, qui était bien informée, les bureaux des avocats Arundel & Hollis, étaient presque aussi chics que la maison du premier ministre. Un employé les guida jusqu'à une lourde porte en chêne sculptée dont la plaque en cuivre l'identifiait comme appartenant à la suite d'angle de Mr. Richard Arundel. Un homme plus jeune et fringant que ne le laissait supposer sa position en sortit et accueillit Lady St. Ives en s'inclinant dans son costume très bien coupé de chez Savile Row.

« Toutes mes condoléances pour votre perte, Milady, » dit-il en saisissant ses mains gantées de noir dans les siennes qui étaient nues. « Je suis vraiment heureux que vous ayez décidé de vous adresser à nous à l'occasion de cette épreuve. »

Comme ils étaient là pour la lecture du testament de son père, Claire pensa qu'il s'avançait un peu trop, mais bien sûr elle ne pipa mot.

M. Arundel les guida vers deux fauteuils recouverts de cuir bordeaux brillant avec des clous en cuivre, placés de façon stratégique sous une grande carte de l'Empire. Il demanda à l'assistant d'apporter du thé, et quand il arriva, il invita Claire à le servir. Quand elle eut distribué les tasses autour d'elle, il avala une gorgée et commença.

« Sa Seigneurie a confié le gros de ses activités commerciales à ce cabinet, tout comme ses biens personnels. Suite de la lecture de son testament, je suis heureux d'être en mesure de vous apprendre quelle est votre situation — voulez-vous que je le fasse maintenant, ou dois-je attendre un moment plus approprié ? »

Sous le voile noir en dentelle à *points d'esprit*, la tête de Lady St. Ives retomba. Sur ses genoux, son thé dans la délicate tasse en porcelaine de Sèvres refroidissait, intact.

Claire se racla la gorge. « Monsieur Arundel, les sentiments de ma mère peuvent être blessés par cette évaluation, mais je vous assure que c'est nécessaire. Ce matin nous avons été harcelés par des créanciers importuns devant notre porte. Il faut absolument que nous connaissions la situation dans laquelle mon père a laissé ses affaires, pour que nous puissions faire cesser cette absurdité. »

M. Arundel la regarda, puis regarda Lady St. Ives. « Très bien. Voulons-nous commencer ? » Sa mère fit un petit signe d'assentiment et il continua : « Le testament de Sa Seigneurie est très simple. Gwynn Place va bien sûr au jeune vicomte dans sa totalité — terres, maison, revenus et rentes. Étant donné que Carrick House est entrée dans votre famille après votre mariage avec feu le vicomte, elle vous revient, Lady St. Ives, avec la clause restrictive qu'elle reviendra à Lady Claire à votre mort, même si vous vous remariez et avez...euh...un produit de ce mariage. »

Claire ne s'attendait pas à ça. Elle pensait que tout le patrimoine irait à Nicholas. Bonté divine ! La perspective d'avoir un jour une maison — ou un refuge, si elle s'imposait et était autorisée à fréquenter l'université — était un cadeau qu'elle n'avait pas envisagé même dans ses rêves les plus fous.

« Il y a bien sûr les petits legs habituels aux serviteurs, et une dot pour Lady Claire quand elle aura atteint dix-huit ans à l'automne. » M. Arundel fit une pause pour feuilleter les pages d'un blanc crème du testament. « Ce qui m'amène à la partie suivante, un peu moins simple, de notre réunion d'aujourd'hui. Milady, êtes-vous sûre que vous pouvez supporter tout cela ? »

Sa mère se racla la gorge, comme si elle n'était pas tout à fait certaine que sa voix fonctionne bien. Elle souleva son voile et le posa soigneusement sur le large bord, lourdement décoré, de son chapeau de paille. « Tout à fait sûre, merci M. Arundel. » Enfin, elle prit une gorgée de thé.

Claire se servit une deuxième tasse.

« Très bien. Étiez-vous au courant des activités de la Société Persia-Albion Petroleum ? »

« Pas du tout. Feu mon mari était souvent à la Chambre des Lords, pour voter sur des matières qui la concernait, mais il ne m'informait pas de ses affaires. »

« Ah. Avez-vous entendu parler alors de l'effondrement de ce qu'on a appelé la *bulle arabe* ? »

« Non, Monsieur Arundel. » Lady St. Ives se passa la main sur le front, blanc comme un linge. « Pourriez-vous être plus précis, s'il vous plaît ? »

« Très bien. » Les traits de son visage se firent plus sévères. « Pour être précis, je vous dirai qu'en tant que principal actionnaire, la quasi-totalité du capital de Sa Seigneurie était investie dans la Société Persia-Albion Petroleum. Il croyait dur comme fer dans l'avenir du pétrole et son application dans le moteur à combustion. Malheureusement, tous les modèles de ce moteur ont été des échecs, et certains ont même causé des accidents. Le public, qui était auparavant enthousiaste de ce système, a inversé le courant d'opinions, et lui a enlevé son soutien. Il y a deux semaines on a découvert que toutes les actions en Bourse valaient moins cher que le papier sur lequel elles étaient imprimées, et l'entreprise s'est effondrée. Le capital de votre mari, et celui des autres actionnaires, a servi à payer la dette publique. Autrement dit, Milady, il en ressort que vous n'avez pas de source de revenus pour faciliter votre veuvage. »

« Pas de source de revenus. » Impossible. « Et Gwynn Place? Notre famille a vécu de ses revenus pendant des siècles. »

« Votre père l'a hypothéqué pour investir dans la Société pétrolière. Quand toutes les dettes auront été payées, vous aurez de la chance s'il vous reste la maison elle-même. J'ai déjà été contacté par des acheteurs éventuels des terrains. »

Lady St. Ives releva la tête. « Monsieur Arundel, j'ai beau être née à Londres et y avoir grandi, je sais quand même qu'un domaine sans ses terres ne peut pas s'entretenir tout seul. Je vous interdis de vendre la moindre propriété rattachée à Gwynn Place. C'est l'héritage de mon fils. »

Il opina du chef. « Très habile de votre part, Milady. Cela signifie alors que Carrick House devra être vendue immédiatement. »

Claire sentit comme un coup de poing dans l'estomac. « Cela veut dire quoi immédiatement ? »

« D'ici la fin du mois. Vous avez dit que vous vouliez faire cesser le harcèlement de la part des créanciers. » Il sourit, mais en même temps Claire décela une véritable préoccupation dans son regard.

« Je vous remercie de votre franchise, Monsieur Arundel. » Elle se redressa, et posa la tasse de thé sur la table basse en acajou qui se trouvait entre eux.

« Si nous vendons Carrick House, est-ce que les hypothèques sur Gwynn Place seront remboursées ? » demanda Lady St. Ives.

« Je ne peux pas vous le promettre. Comme vous pouvez l'imaginer, il y a beaucoup de personnes qui se trouvent également en difficulté ces temps-ci, et il y aura beaucoup de maisons mises en vente prochainement. Mais je pourrais négocier avec les banques en votre nom, et faire ce que je peux. »

« Merci, Monsieur Arundel. Nous avons une dette envers vous. »

Claire tiqua à l'énoncé malheureux de sa mère. « Qu'est-ce que vous nous conseillez pour le futur immédiat, Monsieur Arundel ? »

« L'opinion publique est assez inflammable à l'heure actuelle, je dois dire. Il serait prudent que vous alliez quelque temps à la campagne pendant votre deuil. Personne ne trouverait cela bizarre, et pour être très franc, il pourrait y avoir des émeutes. »

« Grand Dieu ! » Le sang se retira du visage de Claire, laissant sa peau moite et froide. « Ce n'est pas sérieux. Des émeutes ? à Belgravia? »

« Les tensions montent en ce moment contre les Aristos. Mis à part votre propre situation, la Chambre des Lords est dans le chaos. On parle même de révolution. Il serait très sage de plier bagages à Carrick House, renvoyer le personnel, et partir avec le *Flying Dutchman* d'ici la fin de la semaine, si cela vous est possible. »

Claire regrettait d'avoir demandé à ce qu'on lui serre très fort le corset ce matin. Elle avait du mal à respirer.

« La fin de la semaine ? » Comment se pouvait-il que tout ce qu'elle avait vécu jusque là et ce qu'elle pensait être sa vie, prenne fin à la fin de la semaine ? Et on était déjà mercredi. « Nous ne pouvons décemment pas libérer Carrick House aussi vite. »

« Alors je vous recommande de faire vos bagages comme si vous aviez prévu de faire un voyage sur le continent, et de réserver ce train malgré tout. »

Le regard grave de l'avocat soutint le sien. « Ne serait-ce que pour le bien du petit lord. »

« Vous avez raison, bien sûr, Monsieur Arundel. » Une étincelle était revenue dans les yeux de sa mère en entendant mentionner Nicholas. La lionne en elle avait enfin été réveillée par l'idée du danger que pouvait courir son rejeton. « Nous ne pouvons pas remporter cette bataille, mais nous pouvons battre en retraite et nous retrancher, pour combattre de nouveau un jour prochain. » Claire leva les sourcils. « Je vais prendre Nicholas et j'irai à Gwynn Place samedi au plus tard. Claire restera pour surveiller le mouvement des meubles et des serviteurs, et me rejoindra à la fin du mois, comme vous avez dit. »

« Mais Maman... » Claire luttait contre le courant de la volonté de sa mère qui contrecarrait ses propres choix, devenus aussi inatteignables que les rives de *l'Amazone.* « Et la Saison ? le prétendant que je devais trouver à l'automne ? »

« On n'y pense plus. Il n'y aura pas de Saison — nous sommes en deuil. » Sa mère se leva, lissant la soie noire et raide de ses jupes. Les perles de son corsage lancèrent des éclairs sous la lampe, car M. Arundel avait tiré les rideaux de velours pour se protéger du soleil matinal. « Monsieur Arundel, j'imagine que je peux distribuer les legs de mon mari à nos serviteurs avant de les congédier ? »

« Vous pouvez, oui. Mais je crains que la dot de Lady Claire... »

« ... ne serve à payer les dettes, » termina Lady St. Ives. « Je comprends. A combien est-ce que cela s'élevait ? »

« À vingt mille Livres sterling, Milady. »

Claire exhala tout l'air qu'elle avait dans le corps et elle fut contente de ne pas encore s'être mise debout. Vingt mille Livres ! Elle aurait pu aller faire un mastère à

Oxford avec ça — et financer une expédition sur le fleuve Amazone en plus ! Et puis, elle aurait pu vivre heureuse dans Carrick House, organisant des réceptions où elle aurait invité les grands esprits du moment. Comment Papa avait-il pu leur faire ça ? Il était évident, même pour un nouveau-né, que la vapeur était la technologie qui faisait marcher le monde — comment avait-il pu pousser la témérité au point de jouer leur futur sur le pétrole ? Leurs vies elles-mêmes ?

L'image de son père en tant que figure toute-puissante, divine, qui contrôlait le destin de la nation commença à s'effriter — d'abord ses pieds, puis ses jambes et son torse, jusqu'à la dernière chose qui lui vint à l'esprit : son sourire et ses yeux marron bordés de rides.

« Lady Claire ? Est-ce que vous vous sentez bien ? » M. Arundel se penchait pour la regarder de près. « Encore un peu de thé peut-être ? »

« Non, merci. » Elle ravala sa colère et essaya de retrouver ses bonnes manières. « Je suis juste en train d'assimiler tout cela. C'est un véritable choc pour moi. »

« Absolument, et je suis profondément navré d'être le porteur de nouvelles aussi désagréables. Mais je pensais qu'il valait mieux être franc que faussement compatissant. » De la porte, Lady St. Ives regardait un point fixe au-dessus de leurs têtes, comme un horizon lointain. L'avocat se pencha plus près. « Pardonnez-moi de faire une remarque personnelle, Milady, mais j'ai l'impression que vous êtes une jeune femme d'une grande intelligence. Vous pourriez peut-être envisager d'entreprendre une carrière. »

Claire battit des paupières. « Vous voulez dire ... travailler ? Entrer dans le commerce? En est-on à ce point ? »

L'avocat se redressa. « J'en ai bien peur. Sans une dot, vous rejoindrez les rangs des jeunes filles de bonne famille appauvries à la recherche d'un mariage fortuné. Et donc si vous pouviez trouver votre propre voie dans le monde, vous ne seriez pas obligée de naviguer dans ces eaux troubles. »

Claire avait toujours désiré rejoindre les rangs des ingénieurs de la Royal Society, et voyager dans des terres lointaines pour développer les engins qu'elle aurait inventés ; des ponts sur les fleuves sauvages des Territoires américains ; des laboratoires en Inde ; des routes en Amérique du Sud. Mais il fallait de l'argent pour ça ; sinon ses rêves étaient aussi irréels que des contes de fée, sans forcément finir aussi bien.

« Si je ne vais pas à l'université, que puis-je faire ? »

M. Arundel la regarda droit dans les yeux et lui parla avec conviction. « Vous êtes une jeune lady intelligente et capable. Je commencerais par fermer Carrick House ; puis je trouverais des amis qui puissent m'accueillir, et je répondrais aux petites annonces. »

Elle ne savait même pas où trouver ces petites annonces. « Merci. Je vous ferai part de mes décisions. »

Lady Claire Trevelyan était entrée dans ce bureau une demi-heure plus tôt avec un cerveau, un caractère et une fortune familiale. Il ne lui restait plus que les deux premiers.

Elle pouvait s'estimer heureuse de cela, somme toute.

9

Tout de suite après avoir enlevé son chapeau, Lady St. Ives envoya un pneu à Gwynn Place pour préparer le personnel à son arrivée le samedi. « Malgré ce que conseille M. Arundel, je préfère aller en Cornouailles en dirigeable, » dit-elle à Claire, en tirant sur la sonnette pour appeler la gouvernante.

« Tu ne peux pas, Maman. Avec autant de bagages que si tu allais sur le continent, les frais de port seront énormes. »

« Je n'ai jamais dû me préoccuper de ce genre de choses, mon enfant, et je déteste avoir à le faire maintenant. »

Claire réfléchit rapidement. « Il est vrai que les gens s'attendront à ce que tu voyages en aéronef. Il pourrait y avoir des manifestations à Hampstead Heath et je tremble à l'idée de ce qui pourrait arriver si vous emmenez Nicholas là-bas. Si vous prenez le train vous sortirez de la ville sans vous faire remarquer. »

Lady St. Ives plissa les yeux et pour la première fois Claire vit les petits faisceaux de rides aux commissures de ses lèvres. « Je ne permettrai pas qu'on fasse le moindre mal à mon fils. Peut-être que tu as raison ; nous devons faire passer Nicholas en premier, même si nous devons un peu en pâtir. » Elle regarda Claire comme si c'était elle qui avait insisté pour prendre l'aéronef, mais Claire ne protesta pas. Elle préférait de loin avoir à ses côtés la lionne, plutôt que la femme éplorée et défaite qui avait hanté les pièces du vicomte cette dernière semaine.

À midi ce jour-là, sa mère rassembla le personnel pour leur annoncer les mauvaises nouvelles. Elle distribua les legs du vicomte et promit à tous, jusqu'à la fille de cuisine, qu'elle leur donnerait une lettre de références avant que la semaine ne soit écoulée. Seuls Penwith, deux valets de pied, la nounou et Silvie iraient avec elle en Cornouailles.

Tandis que la femme de chambre de l'étage entrait pour allumer les lampes dans la chambre de sa mère ce soir-là, Claire s'arrêta de faire ses bagages ; les robes du soir à la mode formaient un tas vaporeux sur le lit à côté d'elle. « Maman, Mme Morven reste jusqu'à ce qu'on ferme la maison, n'est-ce-pas? Sinon je dois t'informer que la cuisine n'a jamais été mon fort. »

« Bien sûr. Je ne te laisserais pas seule dans cette maison vide, à la merci du moindre brigand qui rôde dans les rues. Silvie, mettez maintenant le damas lavande. J'en aurai besoin quand l'année de deuil sera finie. » En prenant toutes les précautions, Claire aida Silvie à poser le damas dans la malle cabine près du lit, avec des couches de papier entre chaque pli. « À part ceux qui vont à Gwynn Place, le personnel doit rester jusqu'à la fin du mois. Tu dois envoyer un pneumatique pour nous dire quel train tu vas prendre et j'enverrai quelqu'un à ta rencontre à la gare de St. Ives avec un cabriolet. »

Claire inspira profondément, les mots de M. Arundel étaient encore frais dans sa mémoire. « J'ai réfléchi, Maman. »

« Oui ? » Sa voix parvenait assourdie du dressing.

« Je crois que j'aimerais rester un peu plus longtemps en ville. »

Lady St. Ives ressortit avec d'autres vêtements sur les bras et les tendit à Silvie. « Jusqu'à quand ? »

« La fin du mois. »

« Impossible : tout le personnel s'en va. »

« Si nous pouvions garder Mme Morven un petit peu plus, je pourrais... »

« Les jupes noires de promenade vont sur le dessus. J'en aurai besoin tout de suite, quand nous arriverons. » Le sujet étant épuisé, sa mère vaquait de nouveau à ses occupations, congédiant sa fille comme s'il s'agissait d'une servante — comme si ses pensées et ses désirs lui importaient peu. Le ressentiment jaillit dans la poitrine de Claire, contraint par le corset.

Elle prit les jupes de promenade des mains de Silvie, les mit sur le dessus et ferma la malle. « Maman, je ne veux pas venir tout de suite en Cornouailles, je veux rester à Londres et chercher du travail. »

Cinq longues secondes s'écoulèrent. Peut-être que dans les profondeurs du dressing elle n'avait pas entendu. « Maman ? J'ai dit... »

« Je t'ai entendue. » Lady St. Ives émergea avec une collection de chaussures du soir et de ville. « Ce n'est pas le moment de faire des plaisanteries douteuses. Gardez la prochaine malle pour la lingerie, je vous prie, Silvie ; vous pouvez la mettre dans les bagages demain matin. »

« Je ne plaisante pas. M. Arundel a dit que j'étais une jeune femme de caractère, et que si je ne voulais pas aller grossir les rangs des autres filles de bonne famille à la recherche d'un mari, je devrais essayer de subvenir à mes propres besoins. »

« M. Arundel est un idiot doublé d'un libéral. Je suis surprise que ton père ait choisi son cabinet, s'il montre de telles tendances Méritos. »

« Il essayait seulement de nous aider. »

« Eh bien, on ne peut pas dire la même chose de toi, en ce moment. Je te prie d'arrêter ces bavardages et de nous aider à terminer. Je commence à avoir mal à la tête. »

Claire serra les lèvres pour ne pas répondre de façon cinglante, et au bout d'un moment elle avait récupéré assez de son sang-froid pour pouvoir parler. « Si je peux trouver un emploi avant que nous ne fermions la maison, puis-je loger chez des amis après? »

« Avec qui pourrais-tu vivre ? »

« Émilie. Ou — ou peut-être Julia, à Wellesley House. Dieu sait si elles ont suffisamment de place. » La Manche gèlerait avant qu'elle ne demande la moindre chose à Lady Julia, mais sa mère n'avait pas besoin de le savoir.

« Ma fille ne va pas mendier des chambres dans la rue. Ça suffit comme ça, Claire. Tu vas venir en Cornouailles comme prévu, et je ferai de mon mieux pour te trouver un prétendant une fois que notre période de deuil sera terminée. Il semble évident que ton esprit actif a besoin de s'occuper à gérer une maison et pas à ces élucubrations sans queue ni tête. »

« Mais je ne veux pas de — »

« Claire. » L'espace d'un instant le visage de sa mère s'adoucit pour afficher le chagrin. « Je t'en prie, ne parle pas de te séparer de moi…je ne le supporterai pas. Nous devons rester ensemble, pour le moment. »

C'est son ton radouci qui changea le ressentiment de Claire en compassion, et elle eut des remords d'avoir alourdi le fardeau de sa mère. « Oui, Maman. Pour le moment, » dit-elle enfin; puis elle s'éloigna pour prendre une autre malle dans l'entrée.

L'avantage était que *le moment* était un concept plutôt vague.

10

La grande locomotive du *Flying Dutchman*, capable d'aller à quatre-vingt neuf miles de l'heure, ce qui en faisait le train le plus rapide du monde, exhala un énorme nuage de vapeur et à neuf heures tapantes commença à se détacher lentement du quai numéro quatre à Paddington Station.

Gorse enleva sa casquette et l'agita tandis que Claire levait une main gantée. « Au revoir ! Faites bon voyage ! »

Lady St. Ives, bien sûr, ne se pencha pas en-dehors de la fenêtre, mais Silvie oui, les mains élégantes gantées de noir s'agitant avec tant de fougue que Claire lança à Gorse un regard entendu. « Gorse, y-a-t-il quelque chose entre vous et Silvie ? »

« Autrefois, oui, Mademoiselle. » Il avala avec difficulté, sa pomme d'Adam ressortant sous le coup de l'effort. « Mais je n'en suis pas si sûr à présent. »

« Pourquoi diable n'avez-vous rien dit ? Vous auriez pu aller à St. Ives avec eux, à la place du deuxième valet de pied. »

« On se déplace encore en calèche à St. Ives, Mademoiselle. Je crois que je trouverai plus facilement une place ici. » Son regard ne lâchait pas le train et le battement du gant noir de Silvie. « D'ailleurs j'ai un entretien à Wellesley House cet après-midi. La rumeur dit que Sa Seigneurie sera bientôt propriétaire d'un landau à quatre pistons. »

« Non ! Je n'y crois pas. La famille n'abandonnerait jamais ses chevaux. »

« Les temps changent, Mademoiselle, nous en sommes la preuve vivante. » Ils restèrent sur le quai jusqu'à ce que le dernier wagon du *Dutchman* disparaisse au tournant. « Voudriez-vous conduire jusqu'à la maison, Mademoiselle ? »

« Non, il vaut mieux que vous le fassiez ; peut-être cela vous aidera-t-il à vous sortir Silvie de la tête. »

« Pour ça, j'aurai du mal. » Il l'accompagna à l'extérieur et attendit qu'elle monte dans le landau, fier détenteur de deux pistons seulement. Deux étaient suffisants pour tous les véhicules, exception faite des autobus à vapeur. Quatre relevait de l'ostentation. À quelle vitesse le conducteur du père de Julia avait-il l'intention d'aller ? Ou bien — oui, c'était ça — il avait prévu naturellement de participer aux courses à Wimbledon. Elle laissa échapper un reniflement, puis reporta son attention vers la route, comme un faucon sur un poteau de clôture.

En vérité, depuis que M. Arundel avait révélé leur situation mercredi, elle regardait Londres avec de nouveaux yeux — des yeux qui voyaient l'agitation, qui décelaient la menace dans une foule se pressant pour monter dans un bus, qui calculaient la distance en pensant à la sécurité plutôt qu'au confort. Elle n'était pas peureuse, mais elle était quand même satisfaite de laisser Gorse négocier le tournant dans Park Lane et contourner les limites de Hyde Park où, au-delà des arbres, elle entendait le brouhaha d'une foule.

Gorse l'entendit aussi, et mit un petit peu plus de vapeur. « Laissons-là se dégourdir un peu ! »

« Il doit y avoir une manifestation. »

« Au coin des orateurs, il doit y avoir quelqu'un qui harangue la foule. »

« Oui, c'est sûrement le cas. »

Elle ne respira pas librement tant qu'ils n'eurent pas tourné dans Wilton Crescent et se furent engagés dans le refuge de leurs propres allées. Une fois arrivée au premier étage, Claire traîna la malle aux clous de laiton, qu'elle avait jusqu'alors refusé de remplir, jusqu'à sa chambre. Un manteau chaud, orné de feuilles de vigne Art Nouveau, trois robes passe-partout dans des couleurs sombres et cinq jolies robes à ceintures brodées blanches ; deux jupes de promenade ; des chaussures ; des innommables ; deux chapeaux pratiques et un autre improbable mais qu'elle adorait, avec ses fleurs et ses plumes ; puis des gants.

Elle se retrouva en fait à emballer le genre de garde-robe avec laquelle elle aurait pu entreprendre ses études universitaires. Elle laissa les robes du soir de Madame du Barry suspendues dans l'armoire. La robe vert pomme avait été brûlée quelques jours plus tôt. Lady St. Ives ne lui avait pas permis de voir le corps de son père, mais les souvenirs de cette soirée restaient attachés à cette robe de bal, laids et collants comme la suie, et elle avait voulu l'effacer de sa vue à jamais.

Elle souleva le double-fond d'une mallette de voyage et y mit les rares bijoux qu'elle possédait, puis les couvrit avec des mouchoirs, son plus joli ensemble de peignes en écaille, et sa Bible avec une mèche des cheveux de bébé de son frère entre les pages. Elle mit en dernier le *Systema Naturae* de Linné, son journal de mécanique, et un jeu de crayons. Si son nouveau statut de femme active lui laissait un peu de loisirs, elle continuerait ses expériences et ses dessins en solitaire.

Ça ne la changerait pas beaucoup.

L'angoisse qui lui nouait l'estomac se relâcha un peu maintenant qu'elle avait fait quelque chose de constructif pour l'avenir. Il fallait arrêter d'intérioriser sa propre peur et sa colère et se comporter comme la jeune femme sensée que M. Arundel, lui au moins, pensait qu'elle était. Son père ne l'avait peut-être jamais considérée de cette façon. Claire avala sa salive tandis que des larmes brûlantes lui montaient aux yeux.

Elle battit des paupières pour les refouler. Il suffisait de voir où les pensées de son père l'avaient entraîné. Elle n'était pas idiote ; elle n'avait jamais fait dépendre son futur des traditions des Aristos, mais elle n'avait jamais rien fait non plus pour prouver qu'elle était différente. Si elle se considérait elle-même comme une Méritos, le moment était venu de le montrer. Elle chercha le cordon de la sonnette pour appeler Penwith, et réalisa un instant après que bien sûr il n'était plus là. Si elle voulait tracer sa voie dans le monde, elle devait s'habituer à faire la moindre des petites choses elle-même.

La maison semblait même plus silencieuse qu'à l'accoutumée, en l'absence des serviteurs. La plupart d'entre eux étaient allés à l'agence de placement au moment du départ de leur maîtresse.

À part le balai aspirant omniprésent de sa mère qui s'affairait dans le hall d'entrée, les deux seuls qui restaient étaient Gorse et Mme Morven, la cuisinière, qu'elle trouva dans le garde-manger, qui comptait les pots de confiture.

« Oh, bonjour Mademoiselle ! heu...Milady. Je suis justement en train de dresser l'inventaire au cas où les nouveaux propriétaires prendraient l'ensemble de la propriété. »

« Je vous dérange juste une minute, Mme Morven. Savez-vous ce qu'a fait Penwith du *Times* de ce matin, avant de partir ? »

« Il le laisse toujours sur la table de l'entrée, Mademoiselle, au cas où votre mère le voudrait. Bien sûr, comme il est parti, si vous le voulez, je peux m'en occuper. »

« Merci, Mme Morven. Sur la table de l'entrée c'est très bien. J'imagine que je devrais annuler notre abonnement. »

« Je demanderai à Gorse de le faire. Ah... Mademoiselle ! Lady Claire ? » Elle se retourna près de la porte: « Gorse et moi nous demandions... »

« Mme Morven, les temps changent. Nous ne devons pas avoir peur de nous parler franchement. »

La cuisinière jouait avec les cordons de son tablier et ajustait sa coiffe blanche immaculée. « Nous nous demandions, Mademoiselle, comment vous alliez faire si nous acceptions des postes avant la fin du mois. »

« Avez-vous reçu une offre de la part de Wellesley House, vous aussi ? »

L'amertume lui rendait la voix rauque.

« Oh non Mademoiselle ! Je ne supporte pas la méchante femme qu'ils ont comme gouvernante là-bas. Elle a une tête qui ne me revient pas, celle-là. Mais le jeune Lord James Selwyn est en train d'organiser sa propre maison et cherche une cuisinière. Ce serait léger comme travail, puisqu'il est célibataire ; ça m'arrangerait d'avoir moins de travail pour ma retraite. »

« Mme Morven, il manque encore pas mal de temps à votre retraite ; mais ce sera un changement de vous occuper d'un jeune homme au lieu de nous tous. Je connais Lord James, vous savez. » Elle marqua une pause. « C'est un gentleman plein d'humour et, hum, d'esprit. » Et un mufle aussi, mais Mme Morven n'avait pas besoin de le savoir.

« En plus, il offre le même salaire que Sa Seigneurie — paix à son âme — m'accordait. »

Claire entrevit la possibilité de prendre sa revanche. « Négociez pour obtenir plus, Mme Morven. Dix pour cent de plus et il peut vous avoir à la fin de la semaine. »

LA DAME AUX ARTIFICES

Les joues rouges de la cuisinière devinrent carrément écarlates tandis qu'elle souriait. « Vous vous arrangeriez sans moi, Mademoiselle ? »

« Je me débrouillerai très bien. En fait, j'espère que j'aurai trouvé un emploi moi-même d'ici-là. »

« Je vous demande pardon ? »

« Je ne vais pas aller en Cornouailles, Mme Morven. Je vais chercher un emploi et me mettre à travailler, puis j'essaierai de rentrer à l'université à l'automne. »

« Vous allez faire ça, Mademoiselle ? » Les yeux de Mme Morven lui sortaient des orbites.

« Oui, absolument, malgré ce que dit ma mère. J'ai presque dix-huit ans et je ne possède rien d'autre qu'une malle pleine de vêtements, un landau à vapeur et mon cerveau, comme recommandation. Et donc, avec tout ça, je vais me mettre à travailler. C'est pour cela que j'ai besoin du *Times*. Auriez-vous l'amabilité de m'expliquer comment on répond à une petite annonce ? »

11

Quel soulagement que d'envoyer des pneumatiques ne contenant pas de cartons bordés de noir ! Le mardi Claire avait déjà obtenu quatre entretiens — deux familles voulaient une gouvernante, un scientifique cherchait une secrétaire, et le British Museum voulait quelqu'un pour cataloguer les pièces.

Le mercredi, elle eut des nouvelles de Lady St. Ives.

Ma chère Claire,

Nous sommes arrivés sans encombre samedi soir et nous nous sommes installés ici à la campagne. Nous allons tous bien et ton frère a pris encore un kilo.

LA DAME AUX ARTIFICES

Polgarth me prie de te dire que les poules envoient leurs meilleurs vœux et attendent ton arrivée avec impatience.

Tout comme ta chère
Maman

Claire ne put s'empêcher de sourire. Enfant, elle avait adoré le troupeau de volailles de Gwynn Place, qui pondait les meilleurs œufs de la paroisse. Polgarth, l'homme qui s'en occupait, jurait qu'elle avait un talent naturel avec elles, et elles avaient l'habitude de la suivre dans le jardin, comme si elle était une sorte de coq exotique. La compagnie des volatiles pouvait être tout ce dont elle avait besoin à l'époque, mais à presque dix-huit ans ses besoins avaient changé et les poules allaient devoir se passer d'elle pendant encore un bout de temps.

Le jeudi, elle était déjà arrivée à la conclusion que la carrière de gouvernante n'était pas ce qu'elle voulait — à moins qu'elle ne fut réduite à la faim et à mendier dans les rues. Le gentleman du *British Museum* avait semblé plus intéressé à cataloguer son anatomie qu'à contrôler ses compétences dans le catalogage des pièces de collection, et elle sentit le besoin de prendre un bain quand elle rentra chez elle cet après-midi là. Malgré les erreurs qu'avait commises son père, il l'avait protégée réellement. Aucun homme n'aurait osé la traiter de cette façon, s'il avait été encore en vie. Bien sûr, s'il était encore vivant, elle ne serait pas en train de piloter prudemment dans les rues bondées de Londres, transpirant dans son pardessus et sautant hors de son siège chaque fois qu'un cheval se cabrait en voyant le landau. Quelles bêtes nigaudes ! Elle tourna pour aller sur le Blackfriars Bridge et elle le traversa dans un flux de chariots et de calèches. Le scientifique avait son laboratoire dans un entrepôt de Orpington Close, qui se révéla n'être guère plus qu'une ruelle boueuse du côté Sud de la Tamise. Elle gara le landau au pied d'un escalier extérieur, comme le pneu lui avait précisé, et elle relâcha la soupape. La vapeur provoqua un sifflement dans l'air comme un soupir de soulagement, à leur arrivée, et elle serra le frein.

Elle venait juste de lever la main pour frapper à la porte du rez-de-chaussée quand celle-ci s'ouvrit. La personne qui fit son apparition semblait sortie tout droit de la profondeur des mers. De son casque en cuir sortait une profusion de tuyaux en caoutchouc, et de derrière des lunettes, des yeux la fixaient d'un regard vide et étrange. Le reste du corps était couvert d'un tablier en cuir, comme celui des bouchers, et les mains qu'elle lui tendait étaient couvertes de gants en cuir.

Elle ne put retenir un petit cri et un mouvement de recul, ce qui lui fit heurter le poteau qui soutenait la cage d'escalier. Est-ce que le landau était loin ? Pouvait-elle y entrer et partir en trombe avant que cette « chose » ne l'attrape ?

« Miss Trevelyan ? Surtout ne — mais qu'est-ce que — oh zut ! »

Le monstre s'arracha la tête et se la cala sous le bras. « Je suis désolé. Pardonnez-moi. J'avais oublié que — Mademoiselle Trevelyan? Tout va bien? » Un jeune homme aux yeux noisettes et aux cheveux hirsutes couleur des noix du Brésil s'enleva les gants et lui tendit une main. « Je ne voulais pas vous effrayer. Loin de moi l'idée de vous faire fuir ! »

Elle lui tendit lentement la main. « Est-ce que — qu'est-ce que c'est, Monsieur ? »

« C'est un masque à gaz. C'est une invention à moi, vous savez — pour me permettre d'entrer dans une grande chambre à compression sans inhaler les gaz. Regardez : ces tuyaux sont reliés à un ballon rempli d'air derrière. »

« Ah. » Elle allongea le cou pour mieux voir. « De l'air, vous dites ? Pas de l'oxygène comprimé ? »

Un sourire se dessina sur ses lèvres et s'étira jusqu'à ses yeux. « Je vois que vous avez lu des revues scientifiques. Comme l'article sur la cloche sous-marine du Dr Weathering dans le numéro d'*Illustrated Science* du mois dernier ? »

« Effectivement, oui. » Elle leva le menton. « Tout le monde ne trouve pas forcément son plaisir à lire *Maisons et Jardins.* »

« Ici vous ne trouverez ni maison ni jardin, Mademoiselle. Mais entrez donc ! et attention à la marche...ces planches sont inégales. »

Elle le suivit à travers un énorme entrepôt contenant ce qui semblait être des palettes en différents métaux et en verre, ainsi qu'un tas impressionnant de bois de charpente, jusqu'à un escalier intérieur qui les conduisit dans un loft spacieux. « Je suppose que vous êtes Monsieur Malvern ? »

Il s'arrêta dans l'acte de libérer la chaise en face du bureau d'une pile de diagrammes, et se frappa le front. « Bon sang ! Vous devez croire que je suis un véritable rustre. Oui, je m'appelle Andrew Malvern, membre T.S.T.D. de la Société royale des ingénieurs ; copropriétaire de cet entrepôt et à la recherche désespérée de quelqu'un qui m'aide à m'organiser. »

« T.S.T.D., Monsieur Malvern ? Est-ce que c'est une nouvelle société scientifique ? celle des Techniciens des Systèmes de Transmission Durables...ou quelque chose de ce genre ? »

« Non, non. Cela signifie *Tout Sauf la Thèse de Doctorat.* J'aurais un Doctorat à ajouter à mes initiales si seulement je pouvais faire fonctionner cette fich — hem, excusez-moi, cette malheureuse théorie que j'ai élaborée. »

Claire ouvrit la bouche pour lui demander ce qui n'allait pas dans sa théorie, puis la referma. Il pourrait ne pas apprécier qu'on se mêle de ses affaires. De toutes les façons, s'il la prenait pour ce travail elle aurait la réponse à sa question, n'est-ce pas ? Elle s'assit sur la chaise qu'il avait débarrassée, et regarda la montagne de documents et de dessins empilés sur le bureau. Des feuilles dépassaient des tiroirs des placards en chêne placés contre le mur, comme si elles essayaient de fuir l'entassement à l'intérieur. Ça et là, des instruments et des dispositifs étaient posés sur des piles de dessins et des feuilles remplies de colonnes de chiffres et la boîte en bois près du poêle en fonte était pleine de pneumatiques encore scellés, à la place du petit bois.

Il suivit son regard autour de la pièce. « Vous comprenez pourquoi je recherche un assistant. »

« Je vois, oui. Si vous me choisissiez, je commencerais par les curseurs des pneumatiques, puis je travaillerais en cercles concentriques dans le sens des aiguilles d'une montre, des placards à classeurs aux feuilles éparpillées. »

« Vous feriez ça ? » Il fit pivoter sa chaise tout en réfléchissant. « Je suppose que c'est une méthode aussi bonne qu'une autre. »

« Quel est votre domaine de recherche, Monsieur ? »

Ayant fait tout le tour du loft, il croisa les doigts, les posa sur le bureau et la regarda. Il avait de très beaux yeux, avec de longs cils et un air malicieux assez troublant. « Une question bien sérieuse. Je m'intéresse actuellement à l'industrie ferroviaire. Je travaille sur la façon de rendre le charbon plus performant et plus propre, réduire les coûts et augmenter la capacité des locomotives de l'utiliser entièrement. Dans l'état actuel des choses, il y a trop de gaspillage et pas suffisamment de vitesse et d'efficacité. »

« Ah. »

« Connaissez-vous le fonctionnement des moteurs ? Était-ce votre landau que j'ai vu dehors ? »

Elle ignorait peut-être le fonctionnement des moteurs de locomotives, mais sur le landau elle en connaissait un morceau.

« Oui, c'est un Henley Dart à deux pistons, avec une chaudière de cinq gallons et une vitesse de pointe de quarante-cinq miles de l'heure. »

« L'avez-vous conduit jusqu'ici à cette vitesse ? Si c'est le cas, je vous félicite ! »

Il la taquinait, le gredin. « Non, je me suis limitée à vingt. C'est très encombré sur ce pont. »

« Qu'en diriez-vous de le prendre pour aller faire un tour ? Je n'ai jamais pu me permettre un tel engin, et le

Dart est un très beau modèle. » Il tourna son regard brièvement sur ses cheveux puis sur ses yeux.

Claire remua sur sa chaise et contrôla que le fermoir de son sac fût bien accroché. « Vous voulez dire le conduire vous-même, Monsieur ? »

« Oh non, grands Dieux. Je veux simplement élargir la gamme de mes expériences, c'est tout. Je n'ai jamais vu une femme conduire. Ce serait utile d'avoir une assistante qui possède ce genre de compétences. Considérez-le comme un test — beaucoup plus utile que ceux d'écriture et de dactylographie, vous ne croyez pas ? »

En bas, une porte claqua et des pas se firent entendre sur le plancher venant vers l'escalier. « Andrew, tu es là-haut ? »

« Je suis en train de faire passer un entretien. Monte donc — autant que ma future assistante se rende compte du milieu dans lequel elle va entrer. »

« Tu fais passer un entretien à quelqu'un ? » Une tête rousse apparut dans la cage d'escalier, puis le reste de la charpente de celui qui venait de parler. Un moment plus tard, Claire le reconnut et elle écarquilla les yeux de surprise tandis que Lord James Selwyn entrait sous la lumière filtrant par l'ouverture au-dessus de leurs têtes.

« Grands dieux ! Lady Claire, que faites-vous ici ? »

Il se tourna vers Malvern. « Je pensais que tu faisais l'entretien pour une assistante. »

« Lady Claire ? » Malvern baissa les yeux sur sa lettre de candidature, comme si ce statut lui avait échappé. Elle se leva et tendit une main gantée à Lord James. « J'ai jugé prudent de donner mon nom de famille et pas mon titre dans la lettre. Je ne m'attendais pas à vous voir, Lord James. »

Elle leva le menton, malgré le sang chaud qui montait à ses joues. Une explosion. Elle allait encore une fois se remplir de plaques rouges, et en face de son futur employeur, en plus. « La situation dans laquelle je me trouve demande de la flexibilité, Milord. Et la dernière fois que nous nous sommes rencontrés, vous étiez d'accord vous aussi sur le fait qu'une femme doit mériter sa chance. »

« Mériter sa chance est une chose, mais se réduire à gagner sa vie en est une autre. Est-ce un jeu que vous faites à nos dépens ? »

« James, ce ne sont pas des choses à dire, » dit Malvern les sourcils froncés. « Mademoiselle Trev — heu, Lady Claire, je vous prie d'excuser la franchise de mon associé ; il a vécu trop longtemps dans les Territoires américains. »

« Croyez-moi, les circonstances dans lesquelles je me trouve ne sont absolument pas drôles, » répondit-elle du ton le plus ferme qu'elle put, compte tenu du fait que son tempérament lui faisait monter rapidement la température. « Je cherche du travail, et je crois que je pourrais aider M. Malvern dans ses opérations ici. »

« Et en plus elle conduit, » ajouta Malvern. « Ça fait pencher la balance de son côté. »

« Andrew, ne dis pas de bêtises. Lady Claire est une jeune fille de la bonne société, fraîche émoulue du lycée. À quoi peut-elle contribuer ici ? Qu'est-ce qu'elle en sait des sciences et des affaires ? »

« Si vous vous adressiez directement à moi, Lord James, je pourrais vous dire que j'ai eu des prix de fin d'année en maths et en langues, et que j'ai l'intention de suivre les cours d'ingénierie à l'université cet automne. » Elle prononçait chaque syllabe d'une façon si tranchante que chaque mot fendait l'air. « Ce poste, à part le fait que ce serait un gagne-pain pour moi, jouerait en ma faveur vis-à-vis du comité d'admission. Juste au cas où cela vous concernerait, puisque pour l'instant c'est M. Malvern qui me fait passer l'entretien. »

Lord James la regarda fixement. « La jeune fille a du cran après tout. »

Malvern repoussa sa chaise. « James, qu'est-ce qui te prend ? Mademoiselle Trevelyan, peut-être devrions-nous aller faire ce petit tour maintenant. Je n'ai sais pas quelle mouche a piqué mon associé, mais cela me gêne autant que vous. »

« Je trouve juste amusant, Andrew, que la jeune femme qui a refusé mes hommages soit maintenant obligée de chercher un emploi dans l'entreprise que je finance. Avoue que la situation ne manque pas de piquant ! »

« Quoi ? »

« Les hommages que vous m'avez adressés ? »

Claire et Malvern avaient parlé en même temps. Alors Claire contrôla sa langue, prit son courage à deux mains et dit adieu à ses espoirs. « Monsieur Malvern, je regrette de vous avoir fait perdre votre temps aujourd'hui, mais je vous remercie de m'avoir reçue. Bon après-midi. »

« Attendez ! Mademoiselle Trev — heu, Lady Claire. Notre entretien n'est pas terminé. »

« Je crois que oui. Si je dois dépendre du financement de Lord James, alors je préfère chercher un poste ailleurs. De toutes les façons il ne me juge pas capable de remplir mes fonctions. »

« Mais il n'est pas — Mademoiselle Trevelyan, attendez — »

Elle se retourna et saisit l'ourlet de sa robe grise pour la tenir le plus loin possible des chaussures pur cuir de Lord James, et dévala l'escalier. Malvern se précipita à sa suite, mais Lord James saisit son bras, et le ton élevé de leurs voix la suivit hors de l'entrepôt, étouffé seulement par le claquement de la porte extérieure.

Elle fit démarrer le landau et rentra aussi vite qu'elle put à Wilton Crescent, où elle trouva Mme Morven en train de préparer le dîner dans la cuisine.

« Mme Morven, avez-vous toujours l'intention de vous faire embaucher par Lord James Selwyn ? »

« Oui, Mademoiselle. » La cuisinière vit qu'elle avait les cheveux ébouriffés, car elle ne s'était pas arrêtée pour mettre son équipement au moment de partir de l'entrepôt. « Pourquoi me le demandez-vous ? »

« J'ai réfléchi : demandez vingt-cinq pour cent de plus, Mme Morven, pas dix. Et je vous félicite et vous assure de toute ma compassion si vous obtenez le poste. »

12

Vendredi apporta deux confirmations supplémentaires du fait qu'elle n'était pas faite pour le métier de gouvernante, et Claire commença à envisager sérieusement de retourner au British Museum, pour quémander un poste. Mais cela devrait attendre jusqu'à lundi, pensa-t-elle en regardant les feux du crépuscule. Elle devait juste arriver à la maison avant que les réverbères ne s'allument.

Tandis qu'elle quittait Grosvenor Crescent pour tourner dans Wilton Crescent, elle entendit le même brouhaha que précédemment — un peu comme si des centaines de voix exprimaient leur mécontentement — vers Hyde Park Corner. En se garant dans l'allée derrière

Carrick House, elle relâcha la vapeur du landau et se mit aux aguets.

Des oiseaux, chantant leurs adieux avant ta tombée de la nuit.

Les bruits de vaisselle de l'hôtel particulier voisin, dont les fenêtres de la cuisine étaient ouvertes.

Et dans le fond, toujours ce grondement d'une foule probablement imposante, allant en s'amplifiant.

Des bruits de pas. Non, un véritable sprint, des pieds bottés frappant le pavé, et descendant Wilton Crescent, comme si —

Gorse déboucha dans l'allée, sans sa casquette et le manteau déboutonné. « Mademoiselle ! Lady Claire — oh, Dieu merci ! Ils arrivent, Mademoiselle. Vous devez prendre le landau et filer chez mademoiselle Émilie sans perdre une seconde. »

Ses mains commencèrent automatiquement à faire la séquence d'allumage. « Que se passe-t-il, Gorse ? dites-moi ! »

« Il y a une grande manifestation à Hyde Park, » dit-il tout essoufflé, les mots sortant de façon saccadée de sa bouche. « Les investisseurs de la Bulle arabe. Ils se révoltent, Mademoiselle. Ils jurent vouloir piller Carrick House...pour récupérer une partie de leur investissement. Maintenant ! Ils viennent ici maintenant. »

Le landau sembla se réveiller en cliquetant et elle s'assura d'avoir bien mis le frein. « Aidez-moi à sortir ma malle de la maison. Mme Morven aussi...il faut la faire sortir de la maison. »

« Il n'y a pas de temps à perdre avec les effets personnels, Mademoiselle ! »

« Allez, Gorse ! »

Mais Mme Morven avait laissé un billet disant qu'elle allait apporter des victuailles à l'orphelinat. Dieu en soit remercié ! « Gorse, il faut que vous alliez là-bas pour l'empêcher de revenir. »

« Dès que vous serez partie, Mademoiselle. »

Ils montèrent l'escalier quatre à quatre ; la maison avait été pratiquement vidée : les porcelaines, la vaisselle et les tableaux étaient déjà dans un chariot en route pour la Cornouailles. Les pilleurs auraient du mal à traîner le lourd mobilier hors de la maison. En s'y mettant à deux, Gorse devant et Claire derrière, ils transportèrent sa malle et la valise au rez-de-chaussée. Avec un serrement de cœur elle pensa à ses jolies étagères et à tous ses livres, qu'elle ne s'était pas encore résolue à empaqueter. Peut-être qu'un jour elle tomberait dessus dans un stand de Portobello Road, une fois que les pilleurs se seraient désintéressés des livres de biologie et d'ingénierie.

En passant par la porte de la cuisine avec la malle, ils entendirent les voix d'individus provenant du virage de Wilton Crescent. « Dépêchez-vous, Mademoiselle. Partez sans vous retourner. »

« Mais vous venez avec moi! »

« Non, Mademoiselle. Je vais envoyer un pneumatique urgent aux forces de police de Sir Robert Peel et j'essaierai de les empêcher d'entrer. Si je n'y réussis pas, je prendrai mes jambes à mon coup et je rejoindrai Mme Morven. »

« Gorse ! »

« Pas de discussion, Mademoiselle, Mme Morven et moi vous reverrons chez Mademoiselle Émilie. » Il attacha la malle à l'arrière avec deux courroies en cuir et frappa deux fois dessus du plat de la main. « Allez Mademoiselle ! Dépêchez-vous ! »

Les premiers émeutiers se déversèrent dans les allées et poussèrent un grand cri de triomphe quand ils aperçurent le landau. Le cœur de Claire bondit dans sa poitrine et elle poussa le levier de direction autant qu'elle le put. Les émeutiers parcoururent les douze mètres qui les séparaient en moins de temps qu'il n'en fallait pour s'en étonner, de sorte que quand le landau eut pris le virage, ils étaient déjà sur elle. Elle donna un peu de vapeur et le landau s'emballa comme un cheval aux courses d'Ascot, en heurtant une chose qu'elle préférait ignorer, provoquant un cri de rage. Mains et ongles grifferent l'extérieur brillant du landau qui s'échappa au milieu d'une cacophonie d'exclamations frustrées.

Elle ne s'arrêta pas pour constater les dégâts — ni pour regarder des deux côtés au tournant. Derrière elle une fenêtre se brisa avec fracas et elle entendit distinctement la voix caractéristique de Gorse retentir tandis qu'il organisait sa résistance. Le landau débaula à toute vitesse dans Belgrave Square, faisant se cabrer deux chevaux rouans qui brandirent les pattes avant, tandis que leur cocher la couvrait d'insultes, et elle négocia un virage sec à droite en direction de Cadogan Square et de la maison d'Émilie. Elle ne s'arrêta pas à Lowndes Street non plus, la parcourant en trombe avec l'accélérateur largement ouvert et l'indicateur de vitesse au bas de son arc.

Le cœur battant à tout rompre, les mains tremblant si fort qu'elle avait du mal à tenir le levier de direction, elle ralentit, faisant du dix milles à l'heure dans Cadogan Square et s'arrêta en face du numéro 42. Elle serra le frein, descendit de l'engin et fit une pause. Elle hésitait à laisser le landau sur la voie publique ; mais l'urgence était de se mettre en sécurité chez Émilie, pensa-t-elle en allant vers la porte. La deuxième chose à faire était de trouver une place dans l'écurie pour le cacher avant qu'un pilleur égaré ne le reconnaisse et rameute la foule hurlante vers les Fragonard.

Une servante répondit au coup de sonnette. « Bonsoir, Gwennie. Je suis ici pour voir mademoiselle Émilie pour une affaire extrêmement urgente, s'il vous plaît. »

La servante la fit entrer dans le hall et disparut en haut de l'escalier. Un instant plus tard, elle entendit le son aigu d'une voix, rapidement étouffée, une porte claquer dans les profondeurs de la maison, puis un froufroutement de jupes descendant les marches.

« Lady Claire, » dit Mme Fragonard dans le dernier tournant de l'escalier, avec un ton si glacial que les mots pratiquement se craquelaient et allaient s'écraser sur le sol en marbre.

Claire la regarda en face. « Mme Fragonard, je m'excuse du fond du cœur de faire irruption chez vous de cette manière, mais je dois voir Émilie. »

« Pour quoi faire au juste ? »

Claire s'arrêta et la regarda de plus près. La mère d'Émilie n'avait jamais été une beauté, mais elle avait un cœur d'or et avait reçu souvent Claire à sa table. Quelle était la raison de cette impassibilité soigneusement contrôlée ? De cette froideur dans la voix ?

« J'ai bien peur Madame d'être entièrement entre vos mains. Il semblerait qu'une foule de — d'investisseurs aient décidé de piller une maison vide, et je me trouve dans l'impossibilité de rentrer à la maison ce soir. J'ai ma malle avec moi, et j'espérais quémander votre hospitalité pour cette nuit seulement. »

Un discours qui manquait de dignité, mais il fallait s'en contenter. Elle essayait d'imaginer ce qu'aurait pu en penser sa mère. Mais bon, sa mère était en sécurité en Cornouailles et il aurait fallu être fou pour rester sur le pas de la porte à prier les émeutiers de ne pas faire autant de remue-ménage.

« Mon hospitalité ? Après que votre famille a offensé ma fille ? »

Claire la regarda sans comprendre. « Je vous demande pardon ? »

« Ne croyez pas que j'ignore combien il a été difficile d'obtenir la permission de Lady St. Ives d'inviter Émilie à votre fête de diplôme. »

Claire ouvrit la bouche puis la referma. Enfin elle respira profondément et se jeta à l'eau. « Madame, je vous assure que ma mère ne voulait pas vous offenser, et que j'ai été très heureuse d'accueillir Émilie. Elle a été une amie extraordinaire pour moi, surtout pendant ces dernières semaines. Je vous prie d'accepter mes excuses pour tout ce que ma famille peut avoir fait. »

Même cet appel pathétique mais sincère ne produisit aucun effet. « Ce qu'ils ont fait ? Vous n'avez probablement aucune idée de ce que la Bulle arabe a coûté à cette famille, jeune fille. »

Claire écarquilla les yeux. « Vous avez investi, vous aussi ? »

« Exactement et maintenant nous le payons. Mais je ne suis pas non plus une émeutière sans le sou. Si c'était le cas, je serais aussi tentée de piller, comme vous dites, une maison vide. »

« Je vous en prie, Mme Fragonard — si vous me laissiez juste parler avec Émilie — »

« Émilie n'est pas en mesure d'accueillir des hôtes en ce moment. Je n'ai pas d'animosité personnelle à votre égard, Lady Claire, mais vos parents méritent mon éternel mépris. Je ne peux pas laisser ma fille conserver des liens avec une telle famille. Pour l'époque que nous vivons, c'est trop dangereux. Je vous souhaite une bonne soirée. Gwennie, accompagnez-la dehors. »

Mme Fragonard, qui n'avait pas bougé du palier de l'escalier, se retourna et gravit les marches en sens inverse. Quand la servante ouvrit la porte, Claire passa devant elle comme un automate. Même quand elle entendit taper frénétiquement à une des fenêtres du premier étage, elle ne leva pas les yeux. C'était plus fort qu'elle : si elle avait croisé le regard de son amie, elle se serait effondrée au milieu de la rue, et elle n'avait pas de temps à perdre. Elle alluma simplement le landau et desserra le frein.

Encore un autre péché à déposer à la porte de son père ; de sa mère aussi, pour être honnête. Comment Mme Fragonard avait-elle appris que Claire avait pratiquement supplié Lady St. Ives d'inviter Émilie à la fête ? Et quelle raison bizarre pour refuser à quelqu'un un abri pour la nuit ! À une époque aussi dangereuse, les personnes devraient se serrer les coudes et s'entraider, pas jeter leurs amis dans la gueule du loup. D'autre part, son père avait souvent joué le rôle du loup au Parlement, à en croire les documents, votant contre les droits des prisonniers et des déportés aux antipodes. La nature humaine n'hésitait pas un instant et retournait la situation contre lui, ou contre les siens, comme elle le constatait ce soir même.

Est-ce que Gorse allait bien ? S'il venait la chercher ici, qu'est-ce qu'ils lui diraient ? Qu'ils l'avaient renvoyée ? Claire jeta un coup d'œil par-dessus son épaule en déboulant sur la place. Fallait-il qu'elle attende? Elle devait trouver refuge quelque part avant qu'il ne fasse nuit, mais où pouvait-elle aller: Wellesley House ? Astor Place ?

Probablement pas. Mais tout à coup une idée lui vint à l'esprit.

Qui était la personne la plus susceptible de se ranger du côté des opprimés et des sans abris ? Eh bien, Mme Stanley Churchill bien sûr. Si elle ne pouvait pas trouver refuge chez Émilie, peut-être que Peonie serait le meilleur choix. Oui, l'idée était bonne ; elle irait immédiatement à Chelsea, puis elle enverrait un pneumatique de là-bas à Cadogan Square pour Gorse.

Ils le lui donneraient certainement quand il arriverait. Après tout, lui n'avait rien fait qui ait pu les offenser.

13

Claire n'était jamais allée chez Peony, mais elle savait que sa maison se trouvait sur Elm Park Road à Chelsea. Une fois localisée la rue, elle aurait pu trouver l'endroit exact en le demandant — et même cela se révéla superflu. Il n'y avait que la maison de Mme Stanley Churchill qui pouvait avoir une bande — Claire l'entrevit dans l'obscurité — d'Indiens sauvages sur les marches du perron !

Elle gara le landau et se fraya un chemin au milieu d'un groupe d'enfants qui jouaient sur les rampes de la maison blanche de style Géorgien. Pas des Indiens, mais certainement quelque chose de sauvage, car leurs bottes semblaient faites de peaux d'animaux. Elle sonna à la porte et attendit.

À son grand étonnement, c'est Peony elle-même qui jeta un coup d'œil à travers la vitre à neuf petits carreaux et lui ouvrit la porte. « Eh bien…Claire Trevelyan, quelle surprise ! »

« Je suis vraiment désolée d'arriver à l'improviste comme cela, mais je suis dans une situation terrible et j'espérais pouvoir te demander un service. »

« Si cela n'implique pas un financement de quelque sorte que ce soit, je suis tout ouïe. Viens dans le salon. » Par-dessus son épaule, elle lança une série de syllabes inintelligibles qui firent rire deux des enfants.

« Non, je n'ai pas besoin d'un prêt. Qui sont ces enfants ? »

« Ce sont des Esquimaux qui viennent des Canadas. De l'extrême nord des Canadas, en fait. Leur groupe chasse sur les terres où Sa Majesté souhaite exploiter des mines de diamants. Ils sont ici pour plaider leur cause devant le Parlement, avec l'aide de ma mère, sinon ils risquent de mourir de faim. Sa Majesté veut les jeter dehors, tu vois, ils gênent. »

« Bonté divine, » dit Claire faiblement tout en s'asseyant sur un canapé à rayures. « Ils ont amené leurs enfants aussi ? »

« Ils ne sont pas assez grands, » fit remarquer Peony. « Ils ne peuvent pas les laisser sur la banquise avec un sandwich, n'est-ce-pas ? »

« J'imagine que non. »

« Alors qu'est-ce qui t'a amenée chez nous ce soir ? Mais d'abord, permets-moi de te présenter mes condoléances pour ta perte, Claire. J'aurais dû commencer par cela au lieu de bavarder. »

« Merci. »

« Comment est-ce que tu te débrouilles ? »

Claire prit une inspiration et plongea. « Pas très bien, malheureusement. Ma mère a emmené mon frère en Cornouailles juste à temps. Il y a eut une émeute à Hyde Park Corner ce soir, et une foule de vandales a attaqué Carrick House. »

Peony était bouche bée. « Grands dieux ! »

« Il y a apparemment des investisseurs bien déterminés à retirer quelque chose du domaine de mon père. Quand je me suis enfuie, j'ai entendu des vitres se briser. J'espère qu'ils trouveront leur bonheur dans notre mobilier. »

« Ils vont en faire un feu de joie dans la rue, pour épater la galerie, plutôt, » dit Peony avec un tel sens pratique que la peau de Claire se couvrit de chair de poule. Qu'avait dû voir cette fille au cours de sa vie ? Beaucoup plus qu'elle-même, c'était évident. « Heureusement que tu as pu t'échapper. »

« Justement, cela m'amène à la raison pour laquelle je suis ici: aurais-tu un lit en plus pour cette nuit? »

Les yeux de Peony se remplirent de compassion. « J'aurais bien voulu, ma chérie, mais A'Laqtiq et sa famille ont occupé toutes les chambres, au point que les enfants que tu as vus dehors dorment sous la table de la salle à manger. Le tapis est assez épais. Tout ce que je peux t'offrir malheureusement c'est la salle de bains. Avec un peu de toile à matelas, ça peut aller à la rigueur. »

Claire était presque tentée ; mais il était clair que cette maison traitait des problèmes politiques importants, en plus du fait que Mme Churchill et Peony avaient probablement déjà fort à faire en accueillant toute une délégation étrangère. « Je ne peux franchement pas m'imposer à ce point, Peony. »

« Ce n'est pas une imposition, je t'assure. Bon, si tu prétendais dormir dans mon lit et me demandais de dormir moi-même dans la salle de bains, là oui. »

Claire sourit. « Je n'irais pas jusque là. Ne t'en fais pas pour moi. J'ai encore des amis que je peux aller importuner. »

« Je sais que tu en as. Une gentille fille comme toi en a probablement beaucoup, tous sans enfants sous la table. Mais si tu en as besoin, l'offre de la salle de bains tient toujours. Ou bien je pourrais aller voir si je trouve une table dans une autre pièce pour te caser en dessous. »

Claire se leva, toujours souriante. « Je te prendrai peut-être au mot. Félicite ta mère de ma part ; je l'admire énormément. »

Peony prit sa main tendue. « Moi aussi, tu sais. Si je pouvais être la moitié de la femme qu'elle est, j'en serais heureuse. »

« Que le ciel aide l'empire de Sa Majesté, dans ce cas ! »

Peony éclata de rire et l'accompagna à la porte. « J'espère te revoir bientôt, Claire. » Elle hésita. « J'aimerais bien si — bon, ça ne fait rien. Tu as suffisamment de choses à penser en ce moment. »

Claire savait saisir les occasions comme n'importe qui. « J'aimerais vraiment qu'on devienne amies, malgré l'opinion de ma mère à ce sujet. Et puisqu'elle est à huit heures de train d'ici, je crois pouvoir le dire tranquillement. »

« Serrons-nous la main, alors. Amies. » Les doigts de Peony étaient froids et forts au toucher.

Claire refit le chemin en sens inverse se sentant réchauffée de l'intérieur. Les amies n'étaient pas nombreuses au point d'en refuser une, surtout dans des circonstances pareilles. La perte de Carrick House était une catastrophe, il fallait regarder la réalité en face, mais au milieu de cette catastrophe le bon Dieu lui avait fait une grâce. Un mois plus tôt elle n'aurait pas imaginé que Peony Churchill lui aurait offert son amitié, sans même qu'elle la lui demande ; mais malgré l'histoire de la baignoire, Claire était très contente qu'elle l'ait fait.

Entretemps, l'allumeur de réverbères était arrivé, et s'était introduit dans le local sous la promenade qui abritait le moteur déclenchant les lampes de ce secteur.

Pendant qu'elle était à l'intérieur, la nuit était complètement tombée et Claire n'avait aucune expérience de conduite du landau de nuit. Elle ouvrit donc avec précaution les manettes des phares et alluma le moteur.

Il était hors de question de rentrer à la maison ; de sorte que la question suivante était : où pouvait-elle aller ? Wellesley House, c'était impossible : elle préférait dormir dans une baignoire sans toile du tout, plutôt que supporter les sourires forcés de Lady Julia devant ses mésaventures. Peut-être pouvait-elle aller à St. Cecelia et quémander un lit à la directrice de l'école… mais non, cela impliquerait sûrement une foule de questions et une large divulgation de sa situation désespérée.

Rien à faire, elle allait devoir se rendre à Greenwich chez ses grands-tantes Beaton, les tirer de leur profond sommeil et leur expliquer dans les menus détails les raisons de sa présence. Elles étaient âgées, émotives et ignorantes comme des carpes sur ce qui se passait autour d'elles. Elles croyaient même que Papa avait eu un accident en nettoyant son fusil. Ce n'était d'ailleurs pas forcément une mauvaise chose. Il fallait que chacun fasse au moins semblant de le croire, car sinon Papa n'aurait pas pu être enterré en terre sacrée. En même temps, donner du crédit à un mensonge l'exaspérait.

Très bien. Elle irait à Greenwich, et dès qu'elle lirait dans les journaux que la délégation d'esquimaux avait été entendue et était sur le chemin du retour dans leur terres glacées, elle retournerait chez Peony et demanderait, au nom de leur amitié, un lit jusqu'à ce qu'elle puisse trouver un emploi et une chambre à elle.

Elle tourna vers l'Est et essaya de visualiser le meilleur chemin à suivre. La difficulté avec Greenwich était que cela se trouvait à l'extrémité de l'East End. Elle pouvait soit traverser la rivière à Lambeth et contourner la ville par le Sud, auquel cas elle arriverait bien après minuit, en perturbant encore plus ses grands-tantes, ou bien elle pouvait rester sur les routes très encombrées du centre ville et espérer que la vitesse et la carrosserie solide en laiton du landau la protègerait jusqu'à ce qu'elle arrive au nouveau London Bridge.

Si seulement Gorse était là !

Puis, de nouveau elle pensa avec un sourire en coin, tandis qu'elle descendait l'Embankment à la vitesse respectable de trente milles à l'heure, qu'elle pouvait toujours accepter la cour de Lord James Selwyn. Elle était sûre que sa fiancée ne circulerait pas seule et à toute allure dans la nuit, sans abri. Mais il fallait dire aussi qu'elle n'aurait ni landau ni un cerveau bien à elle.

Elle se sentit alors ragaillardie, et elle tourna le dos au Blackfriars Bridge prenant fermement le virage pour aller dans Farringdon Street. Le plus dur restait à faire. Les allumeurs de réverbères n'étaient évidemment pas encore arrivés jusqu'ici, ce qui la rendait dépendante de ses propres phares pour rester au milieu de la voie. Les embouchures des rues ne promettaient que du noir des deux côtés. Le son du moteur du landau, qui rebondissait sur les surfaces en briques et en bois des maisons et des pavés de la rue, lui donnait l'impression d'avoir trois ou quatre moteurs au lieu d'un. Elle vira brusquement pour éviter des hommes qui chargeaient des tonnelets sur une charrette, et braqua ensuite dans l'autre sens pour éviter un groupe de personnes qui sortait tout juste du théâtre. Était-elle si près de Covent Garden ? Non, ce n'était pas possible. Elle était censée être sur Queen Victoria Street, loin du quai. Quelle rue était-ce au juste ?

Tout en gardant un œil sur le milieu de la voie et sur les corps humains sur son chemin, elle se mit à scruter le cône de faible lumière que lui fournissaient les phares, à la recherche d'une plaque de rue. Les constructeurs de la ville auraient quand même pu les fournir ! Graver le nom d'une rue au coin d'un bâtiment n'était pas très utile dans le noir. Plus loin, des lumières vives brillaient sur le trottoir et elle entendit le bruit strident en souterrain d'un train.

Une station de métro. Ça lui apprendrait où elle était. En quelques minutes elle arriva devant la station.

Aldgate. La station d'*Aldgate* ? Impossible...ou alors ça voulait dire qu'elle était en train de conduire dans Whitechapel Street au beau milieu de la nuit. Elle n'était pas du tout sur Queen Victoria Street!

Oh zut ! Il fallait qu'elle fasse demi-tour et qu'elle sorte de là.

Claire tourna le volant pour aller vers le côté le plus éloigné de la rue et elle poussa le levier de direction jusqu'au bout. Au point de corde du virage son pneu avant monta sur le trottoir, en face de la station de métro, mais elle n'avait pas pu l'éviter. Elle ne pouvait pas faire marche arrière, à moins de sortir du véhicule et de le pousser, mais elle ne serait sortie du landau pour rien au monde. Pas dans *Whitechapel*, pour l'amour de Dieu !

Doucement. Doucement maintenant. Il ne manquerait plus que le dispositif de la chaudière se déglingue en retombant du trottoir. Une roue ... bien ... maintenant l'aut —

Avec un hurlement de triomphe collectif, une foule de formes noires surgit de la bouche du métro et entoura le landau.

« Hé, Snouts, regarde voir cette beauté ! On est tombés sur une belle pièce cette fois, hein ? »

« Et avec une jolie nana en plus. Qu'est-ce qui vous arrive, milady, vous voulez qu'on vous aide à débloquer votre engin ? »

« Non, merci, » dit Claire à aussi haute voix que le lui permettait sa gorge sèche comme un buvard. « Ôtez-vous du milieu s'il vous plaît. »

« *Ôtez-vous du milieu, s'il vous plaît, qu'elle a dit* » se moqua quelqu'un à haute voix.

« Pas possible...parce que je suis au milieu, milady ? Et qu'est-ce que vous nous donnez, à moi et à mes potes, si on se lève du milieu ? »

« Je vous donnerai un penny. Mais enlevez-vous d'abord. »

« Et puis quoi encore, milady ? Je parie qu'il y a plus qu'un penny dans cette tire de luxe. »

« N'y touchez pas ! »

« Je crois pas que vous puissiez donner des ordres en ce moment, milady, » dit une forme haute et mince avec un nez énorme. « Donnez-nous c'que vous avez, pis on verra si on s'enlève. »

« Ouais ! Combien z'avez, milady ? J'parie qu'il y a plein d'argent pour ma pomme là-dedans, hein ? »

« N'ouvrez pas ça ! Attention, je vous préviens — ça bout — »

Trop tard ; le voyou avait ouvert grand le panneau du capot latéral du landau, pensant probablement que c'était un coffre pour objets de valeur, et un nuage de vapeur s'échappa de la chaudière. Le malfrat poussa un cri et tomba en arrière, en se tordant de douleur, les mains brûlées crispées sur son visage, tout aussi brûlé.

« Satanée sorcière de la haute ! » cria quelqu'un dans le fond. « Vous avez blessé Jake ! »

Avec un rugissement furieux, tout le groupe se jeta sur Claire, qui eut juste le temps de sentir qu'on lui enlevait le pardessus des épaules et que quelque chose de dur lui était asséné avec force sur le côté de la tête. Puis la nuit s'abattit sur elle, juste avant qu'elle ne s'écroule lourdement par terre.

14

Une chose lui donnait des coups dans les côtes. Claire ouvrit alors d'un seul coup l'œil gauche tout en grognant, puis le droit. Elle avait des vertiges et sa tête était confuse, mais elle ne s'était pas évanouie. Du moins, il ne lui semblait pas. Sous sa joue, la poussière des pavés durs râpait sa peau, et puait de suie, d'alcool et d'urine séchée. L'estomac révulsé, elle releva la tête.

Elle sentit de nouveau qu'on lui donnait des coups dans les côtes. Sans regarder, elle balança son bras en arrière, rencontrant seulement l'air libre. « Mon Dieu, aidez-moi. » Elle crut qu'il s'écoulait une éternité avant de pouvoir ramener ses genoux sous elle, et encore plus de temps pour mettre ses mains de chaque côté des jambes.

Ses gants avaient disparu. Sa peau nue frottait les pierres.

Elle releva la tête. Le landau...sa malle...toutes ses affaires. La mémoire lui revint — les cris, le ridicule, les coups...sa chute.

Le landau.

La rue était vide, les réverbères devant le métro d'Aldgate brillaient toujours, comme si rien d'extraordinaire ne s'était produit. Une chose scintillait sur les pavés et elle se pencha pour la ramasser, ce qui lui arracha un grognement, tandis que le sang affluait à sa tête.

Un de ses peignes en écaille. Une des dents s'était cassée, laissant un trou comme le sourire d'un enfant sans une dent de devant. L'air absent, elle le porta à ses cheveux et le planta dans son chignon. Donc, ils avaient trouvé sa mallette de voyage. Elle n'osait pas espérer qu'ils ne se soient pas aperçus du double fond à l'intérieur — de toutes les façons, il avait disparu dans la nuit avec eux et elle ne reverrait pas de si tôt les perles et la bague en émeraude de son arrière-grand-mère. Au moins ils n'avaient pas volé les épingles qui étaient dans ses cheveux, ni les vêtements qu'elle portait. Son manteau lui, avec sa jolie bordure faite de soutaches jumelées, s'était envolé.

Le landau...oh quel malheur ! Le landau. Tandis qu'elle inspectait la rue vide et silencieuse, ses yeux se remplirent de larmes et elle sentit une goutte brûlante descendre sur sa joue.

Elle sentit quelque chose lui taper le genou par derrière.

« Partez ! » Elle se retourna d'un mouvement vif, s'attendant à voir un chien la renifler pour voir si elle était comestible, mais c'était un enfant. « Grand Dieu! Qui es-tu? »

Vêtu d'une veste et de pantalons modestes et dépenaillés, avec une chemise au bord effiloché et sans col, l'enfant des rues tourna ses grands yeux sombres vers elle et pointa du doigt vers l'extrémité d'une ruelle perpendiculaire à la rue. Il referma le poing sur sa jupe en laine bleue — tachée de quelque chose qu'elle préférait ignorer — et se mit à tirer dessus.

« Ah non, mon petit. Je ne me laisserai pas avoir ; si tu caches une autre bande de malfrats dans ce coin, je ne retomberai pas dans le panneau. »

Des paroles courageuses adressées à un gamin qui ne pouvait pas avoir plus de quatre ans. Elle se sentait l'énergie d'une limace et n'aurait pas été capable de l'emporter sur cet enfant, s'il avait décidé de faire plus que la pousser du pied.

Il secoua la tête et tira de nouveau sur sa jupe.

« Je ne viendrai pas avec toi, petit. Je dois trouver un policier et signaler le petit chef et ses amis aux autorités sur-le-champ. »

La tête ébouriffée, qui aurait pu arborer des boucles si elle avait été brossée, s'agita encore plus vigoureusement. Il raffermit sa prise sur sa jupe et entreprit de l'attirer de l'autre côté de la rue, en direction de la ruelle.

« Arrête-toi, gamin. Je ne veux pas y aller là-bas. Je dois trouver un policier, tu as compris? Est-ce que tu parles anglais ? » Il fit oui de la tête, puis fit semblant de se coudre les lèvres, tout en la tirant de plus elle vers la ruelle. « Tu n'as pas le droit de parler ? »

Il hocha encore la tête. Il fronça les sourcils quand elle arrêta de marcher, puis sembla avoir une idée. Il fouilla dans une de ses poches et en sortit son autre peigne, avec toutes les dents intactes. Après le lui avoir tendu, il indiqua de nouveau la ruelle.

Une lueur de compréhension se fit jour dans sa tête tandis qu'elle fixait le peigne de l'autre côté de son chignon. « Ils sont partis par là ? Les bandits qui ont volé mon landau et ma malle ? » Son sourire édenté éclaira son visage à la lumière tremblotante des lampes de la station de métro, de l'autre côté de la route. « Ah ah ! Alors montre-moi, gamin. Ce sera utile pour les policiers d'avoir des indications pour leurs enquêtes, une fois que je l'aurai localisé. »

Il secoua de nouveau vigoureusement la tête, mais partit au trot, en la tirant par la jupe comme il aurait fait d'un cheval avec les rênes. Claire le suivit dans la ruelle vide, esquivant cageots, tonneaux et même une forme humaine endormie, les jambes dépassant d'une poubelle. La ruelle faisait un coude après la porte d'une taverne, où ils reprirent leur course et déboulèrent dans une rue bordée d'entrepôts de formes variées, appuyés les uns aux autres et laissant juste assez de place entre eux. Derrière leurs façades délabrées, elle entendait les bruits de clapotis de la Tamise qui gargouillait contre quais et palplanches.

Serré entre deux entrepôts, se dressait un bâtiment ramassé qui avait pu être une maison autrefois, ou peut-être un hangar de douane. Même à la lueur de la lune, on avait du mal à le définir. Son toit était en forte pente et si étroit qu'une personne pouvait se tenir debout d'un côté, lancer une pierre et frapper l'autre côté. L'enfant en haillons tira sa jupe comme s'il voulait l'amarrer sur place et il pointa du doigt.

« Ils sont ici ? C'est ici qu'ils ont emmené mes affaires ? Qu'est-ce que c'est, une sorte de repaire de voleurs ? » Le gamin se renfrogna ; trop de questions. Elle tenta de nouveau. « Ils ont emmené mes affaires ici ? » Il fit signe que oui. « Ce sont des amis à toi ? » Il hocha de nouveau la tête.

Il y avait quelque chose qui clochait. Elle s'accroupit près de lui dans l'ombre de l'entrepôt voisin. « Mais mon petit bonhomme, si c'est des amis à toi, pourquoi est-ce que tu me l'as montré ? J'ai dit que j'appellerai les policiers pour qu'ils les attrapent. C'est parce qu'ils t'ont fait du mal ? »

Il secoua la tête si vigoureusement que ses cheveux emmêlés se soulevèrent au-dessus de ses oreilles. Il lui prit la main et montra du doigt l'endroit délabré, en souriant d'une façon qui ne pouvait être interprétée que comme encourageante.

« Tu veux que j'y rentre ? » Gros hochement de tête. « Toute seule ? » Il gonfla la poitrine et planta ses pieds comme s'il était un capitaine qui surveille la plage arrière d'un navire. « Bon, je sais que tu es avec moi, mais je ne crois pas que tu pourrais les empêcher de me frapper sur la tête une deuxième fois dès qu'ils me verront. Tout ce que je veux c'est récupérer mes affaires. Sais-tu où ils pourraient avoir mis le landau ? »

La perplexité se peignit sur les traits lisses mais crasseux du môme.

« Ça ne fait rien, je le trouverai. » Elle se leva, les muscles de son flanc droit — ceux qui avaient malencontreusement rencontré le pavé quand on l'avait extraite du landau — se rappelant à elle sous l'effort. « Et puisque je n'ai pas vu un seul membre des forces de police de Sir Robert Peel pendant l'heure qui s'est écoulée, je dois en conclure que je ne peux compter que sur moi-même. »

Claire observa le bâtiment qui était appuyé contre l'entrepôt voisin comme un ivrogne contre son meilleur ami. Elle sentait la rage bouillir juste sous sa cage thoracique. Comment avaient-ils osé enlever ses vêtements directement de son dos ? Comment se pouvait-il que quelqu'un ose la traiter de cette façon ? Ce n'était pas suffisant qu'une foule ait envahi sa maison et l'ait obligée à s'enfuir pour se sauver la peau ; ce n'était pas suffisant que son père ait pris les mauvaises décisions qui avaient provoqué tout ça. Cette racaille — ces bandits — avaient pris tout ce qu'elle possédait au monde, tout ce qui lui aurait permis de suivre sa propre voie. Sans vêtements respectables et sans le landau, elle ne pouvait convaincre quiconque d'être digne d'un emploi, et encore moins d'avoir reçu une bonne éducation.

Ces misérables avaient volé son futur, et au nom de tout ce qui lui était cher, elle ne le tolèrerait pas. Elle en avait assez de s'excuser, de se cacher et de s'enfuir. Il était temps de relever la tête et d'imposer sa volonté sur quelqu'un d'autre, pour une fois dans sa vie.

« Je serai de retour dans une heure, » dit-elle au petit qui se tenait toujours debout à côté d'elle, attendant qu'elle entre dans cette maison et prenne du thé et des petits fours avec ses voyous de copains. « Et si tu peux d'ici là apprendre dans quel coin se trouve mon landau et m'attendre ici, je te promets que je ne te mêlerai pas à ce que je m'apprête à faire. »

Le gamin écarquilla les yeux et il lâcha sa jupe comme si elle brûlait.

Elle fit quelques pas, puis prit ses jambes à son cou, ses jupes à la main et descendit la ruelle en courant. Les derniers trains partaient à onze heures ; avec un peu de chance elle pourrait voyager à l'œil et aller au laboratoire de St. Cecelia et revenir, avant qu'un contrôleur du métro ne la surprenne sans ticket.

15

Il n'y avait personne dans la rame de métro à part deux femmes de journée entre deux âges, trop occupées à bavarder pour se demander ce que faisait une jeune lady non accompagnée dans un train, au beau milieu de la nuit. Claire se faufila hors de la rame à Victoria Station, sans ticket mais non contrôlée et elle prit un raccourci à travers Eaton Square vers le portail de la sortie arrière de St. Cecelia. L'administration croyait naïvement que la propriété était en sécurité, mais les élèves avaient plus d'un tour dans leur sac.

Claire trouva les cale-pieds et les poignées usées dans le mur, derrière le rideau luisant de lierre et grimpa facilement. De là, il n'y avait qu'un bond à faire pour se retrouver sur la pelouse et près des marches du sous-sol, où la manipulation habile d'une épingle à cheveux suffisait pour ouvrir la serrure et avoir la voie libre.

Il faisait nuit noire dans l'escalier, ce qui convenait à sa petite expédition criminelle ; Claire agrippa donc fermement la main courante. Ce n'était pas le moment de rater une marche et de dégringoler au bas de l'escalier.

Ah ! Le Laboratoire de chimie domestique de l'école.

Elle trouva le pot d'allumettes chimiques que le Professeur Grünwald gardait près de son registre pour allumer un cigare interdit à l'heure du déjeuner, et commença à travailler à leur lumière. Il lui fallut quelques instants pour se remémorer la recette — maudits voleurs qui avaient pris son carnet ! — mais en un quart d'heure elle avait préparé quatre flacons bouchés et prêts à l'emploi. Un jour, quand elle serait célèbre et de nouveau riche, elle ferait une donation anonyme au lamentable département des sciences pour rendre ce qu'elle avait pris. Mais pour le moment, la nécessité faisait loi, comme on dit, et ne serait-ce que pour cela, le Professeur Grünwald approuverait.

Après avoir enveloppé son trésor dans un vieux cardigan puis dans un cartable en cuir, qu'elle repêcha dans les objets trouvés, elle attacha le cartable sur son dos et refit le chemin en sens inverse. Une demi-heure plus tard, elle sortait par l'embouchure de la ruelle de l'autre côté du repaire pourvu d'avant-toit des gredins qui lui avaient volé ses affaires.

Pas de petit bonhomme en vue, ce qui l'agaça profondément : s'il ne l'avait pas prise au sérieux avant, là il devrait forcément le faire.

LA DAME AUX ARTIFICES

Restant dans l'ombre, elle atteignit rapidement le coin de la ruelle où se trouvait un entrepôt à colombages qui avait dû être actif du temps du Roi Henry, et elle retira les flacons de son cartable. Leur contenu nocif faisait des gargouillis dans ses mains quand elle eut remis le cartable sur son dos. Étant donné qu'avec le cardigan cela représentait tout ce qu'elle possédait, elle hésitait à les laisser par terre dans la rue — et le cartable avait l'avantage de contenir des choses tout en lui laissant les mains libres d'agir.

Dieu merci, elle avait mis son ensemble en laine de mérinos, ce matin. Le brouillard qui montait de la rivière était humide et glacé, et des gouttelettes recouvraient déjà ses cheveux. La couleur foncée lui permettait aussi de se fondre parmi les ombres, tandis qu'elle se faufilait d'un coin à l'autre du bâtiment. Un trou de rat creusé dans une planche accueillit le premier flacon. « Ça, c'est pour mon carnet, misérables gredins. » Une planche totalement manquante fut un bon point d'entrée pour le second. « Et ça, c'est pour mon collier de perles. » Au troisième coin, elle n'arriva pas à trouver d'ouverture sauf une fenêtre, donc elle le lança à travers la vitre et eut la satisfaction d'entendre le bruit de verre brisé. « Mon manteau, merci beaucoup. » Elle courut vers l'entrée principale dès que les vapeurs de gaz commencèrent à s'élever de sous les planches.

Puis elle ouvrit grand la porte d'entrée. « Et ça — » elle le lança de toutes ses forces « — c'est pour mon landau ! »

Quelqu'un cria tandis que le gaz faisait son travail, puis une explosion retentit. Claire recula, en souriant de satisfaction quand elle vit une demi-douzaine de figures sortir en titubant et à différents stades de déshabillement — ou pas — Dieux du ciel — cette créature portait son manteau ! Claire se précipita de l'autre côté de la rue et l'arracha à un très petit individu qui en faisait traîner les adorables pans dans la poussière. Il — ou elle, c'était difficile à dire — sautait sur place, les deux mains pressées sur les yeux, en criant comme un putois. En enfilant son manteau, Claire se sentit comme la reine Élisabeth avait dû se sentir en voyant le premier de ses cinq navires rentrer victorieux de sa bataille contre l'Armada espagnole. Il n'en fallait pas plus pour se mettre à danser la gigue.

Mais elle se retint, car en face d'elle se trouvait l'une de ses jolies robes à ceinture brodée, utilisée comme chemise de nuit sur des haillons ! Elle courut vers elle, attrapa l'ourlet de la robe et la tira au-dessus de la tête de la fille crasseuse. L'enfant en pleurs se tourna vers elle, endolorie, cherchant instinctivement de se faire consoler, mais son cœur se durcit et elle s'enfuit. Enfin, la personne filiforme au gros nez sortit elle aussi en titubant, le visage tordu de douleur, portant le petit bonhomme qui l'avait amenée là. Il devait souffrir, à en juger par les grognements qui provenaient de dessous le manteau qui couvrait la tête du petit.

« Tout le monde va bien ? » dit Snouts d'une voix brisée, et fermant les yeux de douleur. « Mopsies ? »

Deux cris lui répondirent. L'un de la fille à laquelle Claire avait arraché la robe. Une copie identique se blottit contre la première et elles éclatèrent de nouveau en sanglots.

« Jake ? »

« Je vais mourir, Snouts. Achève-moi maintenant, tu veux? »

Ah, Jake la malheureuse victime brûlée. Ses difficultés augmentaient à mesure qu'il reconnaissait Claire.

« Tigg ? »

« J'y suis, pour mon malheur, » gémit le garçon qui avait porté le manteau de Claire.

« Qui c'est qui a Willie le pleurnicheur ? » dit une autre voix appartenant à un garçon d'une douzaine d'années recroquevillé dans le caniveau, la veste en haillons tirée sur la tête.

« C'est moi qui l'ai, » répondit Snouts. « T'entends pas le boucan ? »

« Qu'est-ce qui s'est passé ? Qui c'est qui s'en est pris à nous ? »

Claire sortit de l'ombre, bien qu'aucun d'entre eux ne pût la voir encore. « C'est moi. »

Il y eut un moment de silence, interrompu seulement par les sanglots de Willie le pleurnicheur et des Mopsies.

« Qui c'est ça ? » Snouts essaya d'ouvrir complètement les yeux, ce qui lui fit encore plus mal car le gaz condensé sur sa figure y pénétra. « Qu'est-ce qu'on t'a fait à toi ? »

« Vous m'avez attaquée, vous avez volé ce qui m'appartient et vous avez emporté mon landau, » répliqua Claire, la voix résonnant dans la nuit. « Vous allez me rendre immédiatement chaque pièce qui m'appartient, sinon je vous en met une deuxième dose. » Il n'y avait pas assez de produits chimiques dans le cartable pour bien le faire, mais elle était prête à parier qu'aucun des individus se trouvant dans la rue n'avait envie de courir le risque.

« C'est quoi vot' nom, d'abord ? » Snouts remit Willie, qui gigotait dans ses bras, sur le sol et s'assit carrément dans le caniveau, toujours aveuglé.

« Peu importe mon nom ; mais sachez que je ne suis pas une victime soumise, prête à se faire intimider et battre par des gens comme vous. Je vous demande de me rendre immédiatement ce qui m'appartient. »

Le petit vagabond — Willie — traversa la rue en courant et en braillant, puis se jeta contre ses genoux. Perplexe, elle baissa la tête pour le regarder, puis soupira. « Très bien. Alors, petit bonhomme, viens que j'essuie la capsaïcine de tes yeux. » Elle s'agenouilla, prit le mouchoir qui se trouvait toujours dans sa manche et lui essuya le visage. Il enlaça alors son cou et sanglota. « Pauvre chéri, pourquoi ne m'as-tu pas attendue ? Je ne voulais pas que tu sois gazé toi aussi. »

« D'où qu'elle connaît notre Willie ? » La voix de Tigg était étouffée à force de vouloir écraser ses orbites contre ses genoux. « Elle va pas le cogner, non ? »

Claire releva le menton. « Contrairement à certains des présents, je n'ai pas la moindre intention de faire du mal à quiconque. Je veux simplement récupérer mes affaires, dès que vous vous serez assez remis pour me les donner. »

« Faudra combien de temps ? » Snouts refit une tentative d'ouvrir les yeux, et il gémit derrière ses mâchoires serrées.

« À peu près trente minutes, je crois. » Soudain elle eut une idée. « Willie, pourrais-tu avoir la gentillesse de me conduire à l'intérieur ? Je suis tout à fait capable de refaire ma malle moi-même. »

« Laisse tranquille notre Willie. » Les deux Mopsies lui firent face, tout en se servant de leurs vêtements en loques pour essuyer les larmes qui coulaient de leurs yeux. L'une d'elles voulut reprendre le dessus et lui donna un coup de pied dans le tibia.

« Sale petit monstre ! »

Claire laissa tomber Willie sur les pavés et prit la fille par le dos de sa salopette tandis qu'elle se tortillait pour s'échapper. Il ne lui fallut qu'un instant pour la retourner sur son genou et lui rappeler la loi de Newton disant qu'à chaque action il y a une réaction égale et opposée.

« Snouts ! » cria la mécréante, en se libérant de la prise et en courant de toutes ses forces. « Elle m'a frappée ! »

« Quelle surprise, » grommela-t-il.

« Tue-la ! »

« Avec quoi ? Tu crois que j'ai un pistolet caché dans mon caleçon ? »

« Mais elle m'a frappée ! »

« Alors tu ne lui donneras plus de coups de pieds, hein ? »

Furieuse, l'enfant tapa du pied et décocha à Claire un regard mauvais, de ses yeux enflés dans son visage sale et strié de larmes. « Vous le regretterez, Milady. »

« Je crois plutôt que c'est toi qui le regretteras si tu essayes de m'attaquer de nouveau, » la prévint Claire. « Franchement, je n'ai jamais vu d'enfant aussi mal élevée, et pourtant ces derniers jours j'ai eu l'occasion d'en voir. »

« J'ai pas été élevée, moi, et toi t'es méchante. » La brailleuse tapa de nouveau du pied.

« Ne tape pas du pied comme ça...ce n'est pas élégant. »

Tap, tap.

Claire se faufila derrière la forme recroquevillée de Snouts et saisit une fois de plus la dégoûtante créature par le dos de sa salopette. À nouveau les lois de la physique s'appliquèrent implacablement et Claire s'attendait à ce que les cris de putois rameutent soit des gendarmes soit des bandits qui s'abattraient sur eux comme le châtiment de Dieu.

Elle remit l'enfant debout et la défia silencieusement de taper du pied. Sa jambe se contracta une fois avant que le bon sens ne l'emporte. « Sage décision, » lui dit Claire. « Je suis ravie de voir que tu as des prédispositions pour l'éducation. »

La brailleuse cligna des yeux et courut vers sa sœur, qui jeta ses bras à son cou et fit ce qu'elle pouvait pour panser sa blessure d'amour-propre et la réconforter physiquement.

Claire se redressa et observa le champ de bataille. Contente que personne n'ait eu l'envie ni les capacités physiques pour prétendre à une revanche, elle tendit la main à Willie. « Auriez-vous l'amabilité de m'accompagner à l'intérieur, Monsieur Willie ? »

Le garçon jeta un regard incertain en direction de Snouts.

Ce dernier avait enfin réussi à ouvrir un œil, réduit à une fente. Il lui répondit par un geste de reddition. « Me regarde pas. J'vais pas discuter avec elle. »

16

À l'intérieur du bâtiment délabré, les miasmes gazeux avaient déjà commencé à se disperser, ne trouvant pas de grands obstacles dans les murs et le toit pour s'élever dans l'atmosphère. Mais Claire sentait toujours ses yeux qui piquaient, comme un écho de la douleur subie par les criminels dehors.

Criminels, mouais ; c'était des enfants. Comment se pouvait-il que tant d'enfants soient sans parents et obligés de se débrouiller tous seuls dans le monde ? C'était une chose d'avoir dix-huit ans et de posséder une éducation, c'en était une autre d'en avoir dix...ou quatre...et de ne rien posséder du tout.

Monsieur Willie, étant plus proche du sol et moins affecté par les odeurs de gaz, lui trouva une lampe sur un crochet. Puis il l'attira vers sa malle, qui gisait vide renversée sur le côté près d'une cheminée froide qui semblait ne pas avoir été nettoyée depuis que la Reine de l'Empire avait entamé son règne glorieux.

« Ah ! On commence bien, bravo. » Elle remit la malle d'aplomb et y mit sa combinaison brodée. Puis, tenant la lampe d'une main et sa jupe de l'autre, elle suivit Willy avec précaution le long d'un escalier branlant — plutôt du genre échelle, en fait — qui craquait de façon alarmante sous leur poids.

Tout en ramassant les différentes pièces de sa garde-robe — lingerie, cordages, jupes de promenade, robes, chapeaux — elle vit qu'elles avaient déjà été triées et mises en tas avec des articles divers qui n'étaient pas du tout aussi propres. « Willie, est-ce que ça allait être porté aux chiffonniers dans la matinée ? » Il hocha la tête, les yeux larmoyants à cause des restes de gaz. « C'est une chance que j'aie agi vite, alors. Si j'avais attendu je n'aurais jamais revu mes vêtements. Tu n'aurais pas vu par hasard une mallette contenant une Bible, n'est-ce-pas ? »

Le petit garçon jeta un coup d'œil vers l'arrière de l'appartement, où il y avait une porte faite d'une seule planche. Partout ailleurs, on aurait dit que les membres de la bande utilisaient les piles de chiffons et de vêtements comme matelas, jusqu'à ce qu'il y en ait assez pour aller chez le chiffonnier ou le fripier de Petticoat Lane. Mais quelqu'un appréciait la confidentialité et le statut d'une porte et elle pensait avoir deviné qui c'était.

« Est-ce que c'est la chambre de Snouts ? » Willie fit signe que oui. « Puisqu'il m'a donné carte blanche pour récupérer mes affaires, je ne me sentirai pas trop coupable d'envahir sa vie privée. »

Willie eut l'air alarmé et elle soupçonna que tous les enfants devaient être menacés de mort si, comme les femmes de Barbe-bleue, ils succombaient à la tentation d'ouvrir la porte.

Malgré son statut de chef, Snouts n'avait guère plus que ses larbins, comme elle put le constater en pénétrant avec précaution à l'intérieur. Une pile de chiffons, un tuyau, une cage contenant des chiffons, et une fenêtre avec une vraie vitre était tout ce qui constituait ses biens matériels. La pièce puait l'alcool acide et les abats. Pinçant les lèvres de dégoût, Claire fouilla dans la pile de chiffons, jusqu'à ce que ses mains ne touchent une forme dure et rectangulaire.

Sa mallette. Elle la prit pour la mettre sous la lampe et l'ouvrit, trouvant la Bible à l'intérieur ; la mèche de cheveux y était encore, ce qui était une chance. Mais où était le reste ? Elle fit jouer le double fond et regarda à l'intérieur, puis tâta le compartiment avec les doigts.

Rien. Pas de carnets et encore moins de bijoux.

« Willie, as-tu vu quelque part un livre et un carnet pour écrire ? Ils étaient dans cette mallette. » Encore une fois il hocha la tête, l'air inquiet. « Tant pis. Il faudra que je fasse ma petite enquête, c'est tout. Vaut mieux faire ça tant que les suspects sont encore hors d'état de nuire. Peux-tu m'aider à remettre ces choses dans la malle, s'il te plaît ? »

Un son étouffé, comme de l'eau coulant dans un tuyau, arriva en guise de réponse. Willie écarquilla les yeux et elle regarda en direction de son regard. « Est-ce qu'il y a quelque chose de vivant là-dedans ? »

Ce qu'elle avait pris pour un tas de chiffons à l'intérieur de la cage bougea et releva la tête. Deux yeux noirs la regardèrent avec méfiance, et le bruit de bulles se fit entendre de nouveau.

« Grands dieux...est-ce une poule ? » Willie agrippa le rebord de la fenêtre et monta sur la pointe des pieds pour scruter le contenu de la cage.

« Snouts garde une poule dans sa chambre ? Pourquoi diable fait-il une chose pareille ? » Le petit bonhomme gesticula des deux mains et elle comprit. « Ah ! Une source inépuisable de nourriture. Quel dommage qu'il ne comprenne pas qu'il faut bien s'occuper de ses oiseaux, si on veut s'attendre à quelque chose en retour. » Si elle s'était mise en colère précédemment, ce n'était rien par rapport à ce qu'elle ressentait maintenant. Cette pauvre créature, enfermée dans le noir sans rien à manger, obligée de produire de la nourriture jusqu'à — quand ? Jusqu'à ce qu'elle meure ?

« Viens ici, poulette. » Elle saisit la cage. « Willie, tu es chargé de nous faire de la lumière pour descendre l'escalier. »

En quelques minutes elle eut remballé ses affaires dans la malle et fermé le couvercle. Elle ne savait pas très bien comment elle allait la transporter et elle ne savait pas encore où était le landau, mais chaque chose en son temps.

« Merci de votre aide, Monsieur Willie. Votre assistance m'a été très précieuse. »

Pour la première fois, un sourire fendit son visage et elle vit une fossette se creuser des deux côtés de sa bouche. Il enlaça ses genoux et elle se baissa à son niveau, en posant soigneusement la cage par terre avant de l'enlacer à son tour. Quand elle essaya de se relever il la retint. « Que se passe-t-il Willie ? »

Il la serra plus fort.

« Tu ne veux pas que j'emporte la poule ? Non. Tu ne veux pas que je ressorte ? Mais je suis obligée ; il est clair que des affaires à moi ont été emportées et cachées dans les poches de tes amis, et j'ai bien l'intention de les récupérer. »

Il secoua la tête, comme s'il n'était pas d'accord sur ce qu'elle pensait, et il la retint immobile avec toute la force de l'affection. « Qu'a-t'il ? Je ne comprends pas. »

Il la lâcha et courut vers la plus grosse pile de chiffons, où il s'affaira à faire un trou au milieu, comme s'il voulait y mettre un —

« Willie, tu veux me dire que tu veux que je reste ici ? »

Rayonnant, il acquiesça et s'assit lui-même dans le trou qu'il avait créé, en tapotant l'espace à côté de lui. Inexplicablement, elle sentit ses yeux se remplir de larmes.

« Mais mon chéri, il faut que je m'en aille. Je dois trouver un endroit où poser ma tête ce soir, et puis continuer ma recherche d'un travail. J'apprécie profondément ton aide et un jour, quand je pourrai, je te le revaudrai, mais je ne peux pas rester. »

Le sourire s'évanouit de sa figure, et même la pauvre poule dans la cage émit un son triste. Son attendrissement le disputait à son sens pratique. Sauver une poule qui ne vivrait probablement pas longtemps, était une chose, secourir un enfant — ou même plusieurs enfants, en était une autre. Certaines choses dépassaient ses capacités et ses moyens pour le moment. Elle n'avait jamais réalisé le pouvoir des larmes d'enfant — surtout quand l'enfant en question possédait si peu et qu'elle était sur le point de lui enlever même ce peu.

« Je suis désolée, » murmura-t-elle. Et s'emparant de la cage de la poule, elle sortit.

Les membres de la bande — bon, n'exagérons pas, les enfants — s'étaient blottis les uns contre les autres sur les marches de la fabrique de cordages de l'autre côté de la ruelle. Quand elle apparut, ils s'ébrouèrent avec gêne. Ah bon, ils ne savaient pas qu'elle n'avait qu'un cardigan dans son cartable, pas vrai ?

« Grâce à l'aide de Monsieur Willie, j'ai récupéré la plupart des choses, » dit-elle, prenant le ton d'un maître d'école devant eux. « Maintenant je demande deux livres, une trousse de crayons, une bague et un collier de perles ; je vous demande aussi où se trouve mon landau. »

Ils se recroquevillèrent, se firent tout petits sur les marches. Snouts avala avec force bruit sa salive et se mit sur la pointe des pieds, en époussetant le devant de son pantalon rapiécé. « Nous — nous avons une proposition à vous faire, milady. » Puis son regard perça l'obscurité. « C'est ma Rosie que vous avez, là ? »

« Si vous voulez parler de ce malheureux exemplaire de volaille, alors oui. Je suis en train de la sauver. »

« Mais...elle est à moi. Comment je vais manger ? »

« Je crois que vous devrez acquérir les mêmes compétences que vos camarades, M. Snouts. Vous avez affamé et maltraité cette pauvre créature au point que je suis étonnée qu'elle vous donne autre chose qu'un bon coup de bec. »

« On l'avait chopée au marché, dans la Rue de la volaille, » dit Tigg. « On allait la bouffer mais les Mopsies lui ont dit de pas le faire. »

Les Mopsies la regardèrent, l'air de dire qu'elle avait gâché à elle toute seule le bon travail qu'elles avaient fait. « Vous pouvez être tranquilles, personne ne la mangera tant qu'elle sera sous ma protection, » les rassura-t-elle. « Mais revenons-en à nos moutons : rendez-moi mes affaires, je vous prie. »

« Notre proposition d'abord, » dit Snouts.

« M. Snouts, je crois que vous n'êtes pas en mesure de marchander. C'est moi qui ai les produits chimiques empoisonnés. »

« McTavish. »

« Pardon ? »

« Je m'appelle McTavish. Snouts n'est qu'un surnom. »

« Ouais... le *groin*...ça te va bien, avec le museau que tu as » ricana Tigg.

« Bon, ça suffit! Je fais des affaires dans cette baraque, ça se voit pas? » Il tourna le dos à Claire. « Notre proposition c'est qu'on vous rendra vos affaires si vous restez par ici et que vous nous apprenez à fabriquer ces produits chimiques et des choses de ce genre. »

Willie se faufila derrière elle et enlaça ses genoux. Snouts McTavish acquiesça. « Vous plaisez à Willie, ça veut dire que vous êtes pas comme les gens de la haute, qui nous chassent de leurs belles voitures. »

Des souvenirs lui revinrent. C'était le jour où Gorse l'avait laissée conduire en rentrant de l'école — le jour où elle avait provoqué l'explosion dans le laboratoire. « C'était vous ! Vous avez arrêté mon landau en face de l'hôtel Pilkington. Je vous ai donné toute la monnaie que j'avais. »

Snouts haussa les épaules. « Voilà donc nos conditions. Pour chaque jour que vous resterez avec nous et que vous nous apprendrez un truc, on vous rendra une des choses qui vous appartient. »

« Et mon landau ? » Pour la première fois, Snouts perdit son assurance. Il mordit sa lèvre supérieure. « M. MacTavish, avez-vous mon landau ou pas? »

« Non, » marmonna-t-il.

« Ah, non ? Alors où est-il ? »

« Billy Crumwell et sa bande nous l'ont volé. » Son regard implorant croisa celui de Claire. « On avait une bonne planque, j'vous assure, mais ils nous ont suivis. Quand on est retournés avec un acheteur — heu, je veux dire un copain à nous, vot'landau s'était envolé. »

Claire essaya de maîtriser un accès de colère en réalisant que c'était un autre adversaire à combattre. « Si je reste et que je vous apprends ces trucs, vous m'aiderez à le récupérer ? »

« Oh oui, milady ! J'voudrais pas qu'on dise que Snouts McTavish sait pas garder son butin. » Elle le regarda fixement. « Heu, j'veux dire que les gens peuvent pas prendre ce qui est pas à eux et partir avec. C'est pas honnête. »

« Je garde la poule. »

« Ouais. » dit-il avec réticence.

« Aucune de mes affaires ne disparaitra dorénavant. »

Il jeta un coup d'œil à ses compagnons. « Ouais. »

Si elle partait à présent pour aller chez ses grands-tantes Beaton, elle ne reverrait jamais plus son carnet, plein d'exercices laborieux échelonnés sur des années, ni la bague de son arrière-grand-mère. Et puis, elle savait que ses tantes ne l'accueilleraient pas volontiers. Elles étaient confites dans leurs propres habitudes, et toléraient à peine les moins de cinquante ans, sans parler des jeunes filles fraîches émoulues de l'école. Ses amies ne pouvaient pas l'aider et sa mère était à des centaines de milles de là. Elle baissa son regard sur Willie, qui était encore enchaîné comme un boulet autour de ses genoux.

Il lui sourit et son cœur en fut tout retourné.

Il y avait au moins quelqu'un de par le vaste monde à qui cela importait qu'elle parte ou qu'elle reste — qu'elle ait un lit pour la nuit ou pas. Un demi-pain vaut mieux que pas de pain, comme on dit. « Willie et Rosie partageront la chambre du haut avec moi. Je pense que la bienséance veut que vous déplaciez vos affaires et que vous dormiez avec vos compagnons, M. McTavish. »

« Et vous prendrez tous les œufs ? »

« Sûrement pas. Nous garderons les œufs et nous ferons une énorme omelette que nous mangerons tous. Du moins si nous trouvons du maïs et quelques feuilles pour que Rosie mange entre-temps. Ce n'est pas un automate. Il faut qu'on s'occupe d'elle. »

« On trouvera de quoi becqueter pour elle, Milady. » La Mopsie que Claire n'avait pas malmenée s'était manifestée. L'autre se frottait le derrière et restait enfermée dans son mutisme.

« Alors nous sommes d'accord ; je vous apprendrai à construire mes artifices à la capsaïcine gazeuse, et vous me rendrez les choses qui m'appartiennent et m'aiderez à récupérer mon landau. »

Snouts hocha la tête et lentement les autres suivirent son exemple.

« C'est quoi ton nom ? » demanda le garçon qui avait porté son manteau. « On peut pas t'appeler tout le temps « la milady qui fabrique les artifices ».

Claire hésita un instant. « Milady fera l'affaire pour l'heure ; ça a l'avantage d'être vrai et en plus anonyme. »

« C'est quoi *nonime* ? »

« Ce que je préfère être jusqu'à ce que je fasse quelque chose de ma personne, voilà ce que ça veut dire. Bon, alors...j'ai remarqué que le gaz que j'ai envoyé à l'intérieur, vous a d'un côté créé des problèmes, mais de l'autre a eu l'avantage de tuer toute la vermine de ce lieu. Voulons-nous reporter cette discussion et voir quel confort nous pouvons apporter à nos logements ? »

17

On ne peut pas dire que Claire passa une nuit agréable sur sa pile de chiffons. Pendant que Willie respirait doucement à son côté, elle sursautait au moindre bruit, pensant à des voleurs ou à la vermine — sans bien savoir d'ailleurs ce qui aurait été pire. Quand le jour se leva, porteur de pluie, elle était déjà réveillée et regrettait l'absence de poudre dentifrice et d'eau chaude pour se laver les dents.

Il devenait évident que parmi ses besoins immédiats il y avait un meilleur logement, le fait de récupérer ses affaires et de trouver un travail.

Elle se coiffa avec le peigne en écaille resté intact, lui redonna sa forme puis le planta dans son chignon habituel. Puis elle mit une robe propre et descendit l'escalier en tenant d'une main Rosie dans sa cage. Un bruit de conversation la conduisit dans les profondeurs de la maison, où elle trouva ses compagnons, y compris Willie, réunis dans la cuisine autour d'une table à trois pieds. Le quatrième pied était remplacé par une pile de briques.

Cuisine était d'ailleurs un bien grand mot : la pièce ne contenant qu'un poêle en fonte froid en plus de la table, et des étagères accrochées au-dessus du poêle pleines de poussière et d'araignées. Au milieu de la table, un pain dur avait été tranché avec un couteau de poche et les enfants étaient occupés à le dévorer.

« Bonjour, » les salua-t-elle. « D'où vient ce pain ? »

Un marmonnement lui parvint. Rosie se leva sur ses ergots et se mit à fixer le pain sur la table, inclinant la tête pour ne pas le perdre de vue.

« On est déjà sortis, » dit une Mopsie. « J'ai pris un épi de maïs pour Rosie. » Elle le sortit de sa poche et le montra.

« J'aurais pu le manger ce truc, » se plaignit Jake. « J'ai encore faim. » Quelqu'un avait enveloppé un chiffon autour de ses mains brûlées.

Claire ouvrit la cage et y mit le nouvel épi. Rosie fondit sur le maïs frais comme un aigle sur une carcasse. « Ce petit sacrifice maintenant sera vite oublié quand nous aurons notre omelette, plus tard dans la semaine. Puis-je avoir un peu de ce pain, s'il vous plaît ? »

« Servez-vous, » dit Jake.

« M. Jake, un gentleman couperait une tranche et l'offrirait à la dame. »

« J'suis pas un gentleman, moi. »

« Puisque je suis une dame, et puisque je n'entretiens pas de rapports avec des hommes qui ne soient pas des gentlemen, votre formation en la matière va commencer immédiatement. » Elle lui sourit. « Merci. Vous êtes très généreux. »

Il se contenta de la fixer.

« Alors Jake, tu es sourd ? Coupes-en-lui une tranche. » Snouts poussa le couteau plus près de lui.

« J'suis pas là pour la servir. Pour qui tu m'prends ? »

« Ce n'est pas une question de servir, M. Jake. Un gentleman place le confort des autres avant le sien. C'est à ça qu'on reconnaît un vrai gentleman. »

« J'ai dit que j'étais pas un gentleman, là ! Coupez-le vous-même votre pain. Sinon, encore mieux, le coupez pas et moi j'le mange. »

Snouts laissa échapper un juron et lui envoya un soufflet sur la tête. « Fais ce qu'elle dit, canaille ! »

« Pourquoi je devrais ? D'abord elle me crame, puis elle me pète les yeux. Si j'dois prendre ce couteau pour une chose, ça sera pour lui faire la peau, parbleu. »

Bien qu'il ne put avoir plus de douze ou treize ans, Claire ne sous-estimait pas la haine contenue dans son regard et savait qu'il n'hésiterait pas à mettre à exécution ce qu'il disait. « Je vous avais averti de ne pas enlever le panneau avant du landau, M. Jake, » dit-elle d'un ton doux mais ferme. « Vous avez choisi de m'ignorer et en ce qui concerne la capsaïcine, nous allons tourner ça à notre avantage et vous ne referez plus cette malheureuse expérience. »

« À propos, » dit Snouts tandis que Jake prenait le couteau à contrecœur et découpait une tranche du pain bis. Claire la prit et essaya d'en grignoter quelques morceaux. Puis elle émietta le reste et le donna à Rosie, qui se jeta dessus avec enthousiasme.

« Oui, à ce propos, la première chose à faire est de faire une liste des ingrédients. » Elle leur dit de quoi elle aurait besoin. « Vous croyez que vous pourrez vous les procurer ? »

Snouts et Tiggs échangèrent un regard entendu. « Bien sûr. On va juste faire un tour chez l'apothicaire ou le pharmacien le plus proche et on les prendra. »

« Charmant. » dit Claire en souriant.

« J'espère que vous avez du blèse, milady, parce que ces trucs c'est pas gratuit ; ou c'est pas facile à dégoter, si vous voyez où je veux en venir. »

« Du blèse ? »

« Du blé, du cash...des livres sterling, quoi. »

Elle n'avait pas le sou. Elle n'avait jamais eu sur elle plus que quelques shillings pour des bonbons, et elle était sûre que tout l'argent comptant de chez elle avait été pillé, quelle que soit la cachette où Mme Morven l'avait mis. « Je regrette, mais je n'en ai pas. Qu'est-ce qu'on va faire alors ? »

Les Mopsies se donnèrent un coup de coude en souriant. Snouts tourna le menton dans leur direction. « Ces coquines ont quelques talents utiles pour ça. On a de la chance que ce soit pas le Jour du Seigneur, au moins. Le butin est toujours maigre dans la foule de l'église. »

« Le but — ? » Elle s'arrêta tout net. « Oh, non...non. Vous ne volerez pas dans les poches des gens pour avoir de quoi acheter ces produits. Absolument pas. »

Cinq paires d'yeux se tournèrent vers elle, incrédules. « On vous demande pardon, milady, mais d'où vous pensiez que ça venait, le pain et le maïs ? »

« Je n'en ai aucune idée. » Quelqu'un est allé au marché, non ?

Snouts secoua la tête devant sa naïveté et Claire commença à sentir qu'ils se moquaient d'elle. « Alice au pays des merveilles, » soupira-t-il. « La vente de chiffons ne couvre pas nos dépenses. Si on vole pas on mange pas, c'est simple. Si vous vous braquez là-dessus, alors vaut mieux que nos chemins se séparent ici. »

« Pas tant que je n'aurai pas récupéré mon landau. »

« Alors vous aurez terriblement faim d'ici mercredi. »

Mal dormir était une chose, mais pratiquer des activités criminelles en était une autre, même si c'était pour se procurer de quoi manger. Du jamais vu. Inacceptable. Au stade où elle en était, elle marchait sur le fil du rasoir — si on découvrait où elle était, elle ne serait jamais plu reçue en société.

« Grands dieux, M. McTavish ! Il ne vous est jamais passé par la tête qu'on peut faire autre chose que voler ? Travailler par exemple...non ? »

« Ah oui, et qui c'est qui va donner du travail à des gens comme nous ? » s'enquit Tigg.

Elle observa la bande dépenaillée et sale. Il n'avait pas tort. « Eh bien, si on ne peut pas gagner sa vie à la force des poignets, on peut la gagner par la force du cerveau. Combien parmi vous savent compter ? »

Pas de réponse.

« Personne ne sait compter ? ni faire des calculs ? »

Silence.

« Pauvre de moi...Bon. Je vois que j'ai du pain sur la planche. Alors, je vous demande ceci — est-ce que l'un de vous, gentlemen, sait où se trouvent les salles de jeux ? » Cette fois, chacun des garçons leva la main, à part Willie. « Ah...c'est bien ce que je pensais. Sommes-nous en possession d'un jeu de cartes ? »

Tigg alla vers le poêle et souleva le couvercle. Il fouilla à l'intérieur et en retira un jeu de cartes écornées et sales, attachées ensemble par un fil de chanvre. « Elles sont à l'abri de l'humidité, là-dedans, » dit-il en guise d'explication. « Quel rapport il y a entre connaître les chiffres et les salles de jeux, milady ? »

« Ceci : si on ne connaît pas la valeur des chiffres on ne peut pas gagner aux cartes ; et si on ne gagne pas, on ne peut pas remporter le gros lot. Vous suivez mon raisonnement, maintenant ? » Ils écarquillaient les yeux au fur et à mesure qu'ils envisageaient les possibilités qui s'ouvraient à eux. « Venez plus près, vous tous. Je vais vous apprendre les chiffres — oui, même à toi, Willie — puis je vous apprendrai un jeu d'adresse et de stratégie. Chez les habitants de l'Ouest sauvage, ça s'appelle le poker du cowboy. »

18

Andrew Malvern ne savait pas que James, toujours aussi chaleureux et affectueux, était un homme orgueilleux. Mais il était évident qu'il avait ce défaut, et que Lady Claire Trevelyan l'avait blessé, qu'elle l'ait fait de manière délibérée ou pas. Le fait que son associé luttât contre un défaut que lui n'avait pas ne le gênait pas. Après tout, Andrew lui-même luttait contre son propre caractère et contre une tendance à se laisser aller à un petit verre de whisky quand il était fatigué ou frustré.

Non, ce qui l'ennuyait c'était que, du fait que James s'était senti snobé par la jeune lady, lui, Andrew, avait raté l'occasion d'avoir une bonne assistante. Après tout, combien de jeunes filles de bonne famille, non seulement possédaient un landau et savaient le conduire, mais en plus lisaient les revues scientifiques, pour commencer ? Cela l'exaspérait, franchement, et il en voulait à son ami, même maintenant.

En réalité il lui en voulait tellement qu'il ne pouvait pas rester dans son propre laboratoire de peur que James ne revienne et lui dise encore des choses qu'il ne supporterait pas. Au lieu d'envoyer un pneu pour commander de nouveau du charbon et des produits chimiques, il s'était rendu en personne au dépôt de charbon, puis à la fabrique. Il avait pris son repas du soir avec un verre de bière mousseuse, dans la maison de sa mère à Stratford, et il avait observé le coucher de soleil dans la fumée de Londres, se sentant le ventre plein mais pas satisfait.

Il entendit le bruissement de ses jupons sur la terrasse juste avant qu'elle le rejoigne. « J'ai l'impression que depuis quelque temps, Lord James et toi n'êtes pas en très bons termes, Andrew. Pourquoi ne te confies-tu pas à moi ? »

« Vous ne pouvez rien y faire, mère. »

« Je peux écouter. Il est clair que tu as quelque chose sur le cœur, et je sais garder les secrets. »

C'était vrai. Ayant été autrefois la servante d'une lady, sa mère avait épousé un policier qui était monté jusqu'au grade de capitaine de son détachement avant de décéder. En tant que confidente des deux, elle était la dépositaire de secrets que même lui n'avait pas le droit de connaître — comme par exemple la vérité sur le divorce de la Duchesse de Tavistock, ou ce qui avait pu advenir du nouveau-né, Lord Wilberforce Dunsmuir, qui avait disparu il y a deux ans de son lit, sous le nez de sa propre nourrice. Sa mère avait travaillé dans ces deux maisons dans sa jeunesse et dans le dernier cas, elle était restée en contact avec la pauvre nounou et lui envoyait de temps en temps un panier de nourriture pour qu'elle ne meure pas de faim.

« Très bien. » Il lui raconta toute l'histoire et finit par : « Vous savez tout maintenant. Une femme se met entre nous finalement — mais pas de la façon que j'avais imaginée. »

« Pauvre fille, » murmura sa mère. « La fille du vicomte de St. Ives, tu as dit ? »

« Elle-même. Maintenant réduite à gagner sa vie comme nous autres roturiers — même si je dois dire qu'elle ne se comporte pas comme la moyenne des Aristos. Elle envisage de fréquenter l'université. »

« Il lui faudra plus que le salaire que vous pourrez lui donner pour faire ça. »

« Je sais, mais je l'admire, ne serait-ce que pour son ambition. Et puis elle pourrait toujours faire une demande de bourse. »

« Si elle a les connaissances qu'il faut. »

« Mérito ou Aristo, je suis sûre qu'elle les a. »

Sa mère tendit le bras au-dessus de la table en verre pour prendre le journal qui y était posé. « Je savais que son nom me rappelait quelque chose : tu as vu ça ? » Elle ouvrit l'*Evening Standard* à la première page.

SHELLEY ADINA

UNE EMEUTE A BELGRAVIA FAIT NAITRE
DES QUESTIONS BRULANTES

Hier soir les habitants de Belgravia ont été confrontés à un exemple choquant de brigandage effréné, qui a obligé les majordomes à fermer les portes à clé, le long des belles rues, et à aller s'emparer des tisonniers disponibles. Carrick House a été prise pour cible par une foule d'une cinquantaine de personnes rameutées par un orateur du Hyde Park Corner. La foule s'est amassée sur Wilton Crescent, puis ils ont tous convergé sur la maison de feu le vicomte de St. Ives, que beaucoup accusent d'être l'éminence grise de la tristement célèbre *Bulle arabe*. Il est évident que, justifiées ou pas, la foule croyait à ces rumeurs. Au vu des vitres brisées et des meubles brûlés, le journaliste a été absolument choqué face à un tel étalage de haine.

Un passant a dit que la foule déchaînée hurlait qu'elle voulait récupérer ses investissements. « Mais alors ce n'était pas logique de faire un feu de joie dans la rue en brûlant les objets qu'ils auraient pu vendre, » a-t-il dit. « J'ai craint pour la vie des occupants de la maison qui étaient restés. »

Effectivement, d'après les témoignages, la sœur du vicomte actuel devait être dans la maison, avec un ou deux fidèles domestiques. On ne connaît pas l'endroit où elle se trouve à l'heure actuelle.

« Saperlipopette ! » Andrew prit le journal à bout de bras.

« Il dit que personne ne sait où elle est. »

« Donc maintenant je me demande si cette petite querelle concerne la jeune lady et Lord James, ou bien la jeune fille et toi, mon cher garçon ? »

Andrew posa le journal et se leva. « C'est une jeune femme d'intelligence et d'esprit, Mère. Il ne s'agit pas du tout d'une querelle — quiconque s'inquièterait du sort d'une connaissance. »

« Bien sûr, » en convint-elle.

« N'importe quel gentleman ayant un soupçon d'humanité serait choqué par une telle nouvelle. »

« C'est certain. »

« Je vais prendre congé maintenant, Mère. Merci pour le souper. »

« Transmets mes salutations à Lord James quand vous vous serez réconciliés ; et à la jeune lady quand tu la trouveras. »

Il s'arrêta dans son geste de remettre son chapeau melon. « Mère. »

Elle fit mine de se coudre les lèvres puis sourit et prit congé de lui en l'embrassant.

Il prit un train du soir à Victoria Station et parcourut à pied les quelques blocs jusqu'à Belgrave Square à une allure soutenue. Dès qu'il tourna dans Wilton Crescent, il sentit l'odeur de bois brûlé, humide qui flottait dans l'air, et bien qu'il ne soit jamais allé à Carrick House, il voyait très bien quelle maison avait été celle de Lady Claire.

C'était la seule dans la rue à n'avoir plus aucune vitre intacte au rez-de-chaussée. L'extérieur de style géorgien peint en blanc était souillé d'empreintes de mains noires et le trottoir avait été piétiné au point que des briques étaient descellées, comme des dents après un coup de poing.

Bouche bée, il observa la maison et la rue, où des balayeurs étaient encore en train de charger les dernières pièces du mobilier carbonisé et cassé dans leur charrette. L'un deux vit son expression et s'arrêta pour cracher un jet de tabac à chiquer dans le tas encore fumant.

« Une honte, pas vrai ? » dit-il avec bonhomie.

« C'est le mot juste, oui. » Un doux euphémisme.

« Bande de tarés, ouais ! Son altesse ne pourra pas récupérer la moitié de l'argent qu'elle a pu avoir avant. S'ils voulaient qu'on leur rende leur argent, ils viennent de faire juste ce qu'il fallait pas. »

« Je crois bien que vous avez raison. » Andrew regarda encore une fois la maison. « Sa seigneurie n'est pas chez elle ? »

« Pas que je sache. Il devait y avoir sa fille encore, mais elle ne s'est pas manifestée, et je suis ici depuis cinq heures. On en a encore pour une heure ou plus, jusqu'à ce que les réverbères soient allumés. »

Andrew fouilla dans sa poche de poitrine. « Si vous la voyez, vous pourriez lui donner ma carte ? »

Le balayeur serra les paupières pour la lire dans la pénombre. « Qu'est-ce que vous êtes...une espèce d'avocat ou quoi ? »

« Non, simplement un — » Au fait, qu'est-ce qu'il était au juste ? « Un ami. Un ami très inquiet. J'aimerais savoir si elle est en sécurité au moins. »

« On peut pas accuser un homme pour ça. » Le balayeur empocha la carte. « C'est honteux. »

LA DAME AUX ARTIFICES

Comme épitaphe ça pouvait convenir. Andrew remercia l'homme et commença à rentrer à pied vers Victoria Station.

Il avait hérité de son père un don pour les mystères à résoudre et en voilà un qui touchait la corde sensible de son cerveau, mais aussi de ses sentiments de gentleman. L'apparition de lady Claire dans sa vie avait été brève mais fulgurante et il ne pouvait plus s'en désintéresser. Il devait se servir de ses cellules grises pour la trouver lui-même.

19

Comme on vit par la suite, Snouts avait un grand don, non pas pour les chiffres mais pour le bluff. « C'est ce talent qui vous permettra de gagner, » lui assura Claire. « C'est une chose qui ne s'apprend pas. Entre-temps comptons encore une fois ces cartes à carreau — si vous avez trois sur cette carte et quatre sur celle-ci, combien avez-vous en tout ? »

Tigg et Jake avaient autrefois, dans leur passé glauque, reçu quelques leçons à l'école et donc l'addition et la soustraction revinrent assez vite. Par contre les Mopsies considéraient le concept de multiplication avec méfiance. Pour elles, il n'était pas humainement possible d'arriver à une seule réponse d'une multitude de façons. On ajoutait trois à trois pour faire six, on ne disait pas simplement « deux fois trois » pour arriver à six. Comme il n'y avait que quatre couleurs de cartes, Claire ne pouvait avancer que jusqu'à la table de quatre de toutes les façons. Tout ce qui venait après devait être mémorisé...le lendemain.

Sans ardoises, ni craies ni livres, ils étaient limités à ce que les cartes pouvaient leur apprendre, et à mesure que la journée avançait vers l'après-midi, Snouts et elle avaient eux-mêmes besoin du paquet. Ils jouaient une main après l'autre au poker, jusqu'à ce que Tigg ne lui donne un coup de coude.

« On ne peut pas continuer longtemps comme ça, Milady. Tout le monde doit aller piquer un somme avant les jeux de ce soir. »

« On veut jouer quand ils sont fatigués et qu'ils en ont marre. » Snouts ramassa les cartes et les tapota pour refaire un paquet parfait. « Il n'y a qu'un petit problème à mon avis. »

« Lequel ? » Claire souleva le couvercle du poêle pour qu'il puisse remettre les cartes à leur place. « Vous vous êtes tous très bien débrouillés aujourd'hui. Même Jake arrive à jouer une main de façon acceptable, mais je ne parierais pas un titre de propriété là-dessus. »

« C'est exactement ça, » dit Snouts. « Qu'est-ce qu'on a à parier à part de grands paquets de ... rien du tout ? »

Claire se rassit tout à coup sur le tabouret branlant qu'elle avait utilisé. « Oh ; je n'étais pas allée aussi loin dans ma stratégie. » Elle le fixait tout en réfléchissant rapidement et elle se sentit envahir par l'angoisse. Comment avait-elle pu ne pas y penser ? Le but principal du jeu était de gagner, mais il fallait avoir un enjeu pour être inclus dans une partie.

Elle n'avait même pas un cure-dents sur elle.

Mais peut-être que —

Son regard se tourna vers Snouts. « Mais nous avons une chose à mettre en jeu, » dit-elle. « Que me donnez-vous en échange de mes leçons de calcul ? Où est la bague de mon arrière-grand-mère ? »

« On vous rendra vos affaires quand vous nous aurez tout appris sur les produits chimiques et les autres choses qui nous servent. » Jake pesa de tout son poids sur le dossier de sa chaise, mettant en danger son intégrité personnelle. « Pas le calcul. »

« La ferme, Jake. » Snouts passa la main sous le cache-nez enroulé autour de son cou et fouilla dans sa chemise. « C'est celle-là ? »

L'émeraude géorgienne de son arrière-grand-mère scintillait sur la paume de sa main. Claire se retint de s'en emparer, en s'asseyant sur ses mains. Elle n'était pas encore sûre d'avoir acquis leur confiance, mais au moins elle faisait tous les efforts possibles pour les aider dans leur trêve précaire. Toutefois, elle allait probablement devoir faire un dernier sacrifice afin d'atteindre l'objectif supérieur.

« Oui, c'est celle-là. » Dans un souffle, elle s'engagea. « Nous l'utiliserons comme mise. Je vous supplie de vous servir de vos dons, M. McTavish. Je voudrais vraiment la voir revenir. »

« Je n'y vais pas avec l'idée de la perdre, si c'est ça que vous voulez dire. » Il la rangea de nouveau.

« Je suis toujours d'avis qu'on devrait la mettre en gage, » hasarda Jake. « C'est idiot de risquer de la perdre, alors qu'on pourrait en tirer facilement dix livres à Seven Dials. »

« On va pas engager la bague de milady si on a une chance de gagner le gros lot. » leur dit Tigg.

« Quelle chance ? Snouts y connaît rien en stratégie ; c'est moi qui sais faire. »

« Mais vous ne savez pas reconnaître les chiffres assez vite sur les cartes, » lui rappela Claire. « Snouts représente notre meilleure chance. »

« Moi je les lis très vite, » dit l'une des Mopsies avec fierté. « Plus vite que toi, Jake. »

Pour toute réponse, il la frappa du revers de sa main bandée. Dans le tapage qui suivit, Snouts l'attrapa et le poussa dans la pièce du devant. « Tu commences à me les briser ! » cria-t-il. « Va te rendre utile quelque part et ne reviens pas avant la nuit. » On entendit les pas furieux de Jake dans la rue, qui disparut dans le vacarme du quai avec ses bottes éculées.

« Quelle crème de gourde ! » Snouts alla à la porte de derrière et regarda à l'extérieur, même si il n'y avait rien à voir, il n'y avait que des mauvaises herbes enchevêtrées et des débris de rochers, et la paroi du fleuve deux mètres plus loin.

Claire ouvrit la cage de Rosie et la sortit, en glissant une main sous ses pattes et passant son bras autour d'elle pour l'empêcher de tomber. Rosie se cala sur sa main et Claire sentit ses pattes se détendre.

Ah ! Elle avait gagné la confiance de la poule. Maintenant elle ne s'enfuirait pas pour devenir la nourriture de Dieu sait quel prédateur à quatre ou à deux pattes. Elle posa délicatement le volatile par terre, et Rosie entreprit à l'instant de faire disparaître tous les insectes vivants.

« Elle va se tirer. » dit Snouts.

« Non, elle ne le fera pas. Nous l'avons nourrie, vous voyez, et nous lui avons fourni un terrain de chasse. Elle n'a pas de raison de s'enfuir. M. McTavish, auriez-vous mis en gage la bague ce matin si nous n'avions pas décidé de l'utiliser ? »

« Ouais. »

« Je vous remercie de ne pas l'avoir fait. Au moins de cette façon nous avons une chance de la récupérer. »

« Vous y tenez, hein ? »

« Elle appartenait à mon arrière-grand-mère. L'émeraude provient de la couronne d'un prince indien, du moins c'est ce que la légende familiale raconte. Je serais très triste de perdre quelque chose qui vient de si loin, et est resté dans notre famille pendant si longtemps. »

Rosie se jeta de tout son cœur sur un scarabée.

« Je ferai de mon mieux, » dit Snouts, la voix grave tout en fixant la poule. « C'est pas tous les jours qu'une lady me confie son héritage familial. »

Claire lui sourit. « Bonne chance, M. McTavish. Vous feriez mieux d'y aller maintenant. »

« Qu'est-ce que vous allez faire ? »

« Je vais faire réviser encore une fois la table de quatre aux Mopsies, et après je dois trouver un moyen de faire savoir à mes amis que je n'ai pas été enlevée, ni poussée dans la rivière. »

« Tu leur parleras pas de nous ? Et tu ne partiras pas ? »

« Bien sûr que non ! Nous avons un accord et il n'est pas encore terminé. Je serai ici quand vous reviendrez triomphant, votre avenir est en jeu. »

Elle avait conquis la confiance de Rosie avec un épi de maïs et un peu de pain. Il allait falloir l'émeraude d'un prince pour s'attirer la confiance de Snouts McTavish et de sa bande. Mais c'était un prix qu'elle payait volontiers si cela voulait dire pouvoir disposer à nouveau de sa vie. Dans quelle direction irait sa vie, c'était un mystère pour l'instant ; mais le Bon Dieu n'allait sûrement pas lui laisser gaspiller les talents qu'il lui avait donnés pour la laisser aller docilement en Cornouailles et devenir la femme d'un bon petit gars dont la seule lecture était celle des barèmes de prix du bétail local.

« J'ai la dalle, » annonça l'une des Mopsies. « À tout' »

Et avant que Claire n'ait pu les empêcher en leur rappelant que voler est un délit, Tigg et elle se volatilisèrent. La Mopsie restante s'assit sur le muret surplombant la rivière et son regard alla de la poule à elle plusieurs fois, d'une façon qui confirma précisément les soupçons de Claire.

« J'étais sérieuse tout à l'heure, vous savez, » dit Claire à la petite fille. « On ne touche pas à Rosie tant qu'elle est sous ma garde. Elle a confiance en moi et donc elle ne s'enfuira pas ; vous n'avez donc pas besoin de monter la garde auprès d'elle. »

La fille cligna des yeux. « Quoi ? »

« On dit : Je vous demande pardon. »

« *Je vous demande pardon...*pourquoi ? »

Claire soupira. « Quand un oiseau vous fait confiance, il vous considère comme un membre de son troupeau. Si j'étais à votre place, j'essaierais moi aussi de gagner la confiance de Rosie. Il ne peut pas y avoir trop de membres dans un troupeau. »

« Je lui ai apporté un épi de maïs quand Jake au contraire voulait le manger. »

« La prochaine fois vous le lui donnerez de votre propre main, pour qu'elle comprenne qu'elle peut avoir confiance en vous également. »

La petite fille lui jeta un coup d'œil. « Vous êtes un peu à côté de la plaque, quand même. »

« Pourquoi dites-vous cela ? »

« Les gens ça mange les poulets et ils s'en fichent bien de ce qu'ils pensent. »

« Je vois...eh bien, ça n'empêche pas que personne ne doit manger Rosie. Elle a une tâche à remplir et nous devons l'aider à le faire. Exactement comme vous. Combien ça fait deux fois trois ? »

« Sais pas. »

« Mais oui vous savez! Si j'ai trois épis de maïs et que vous en avez trois aussi, combien en avons-nous à donner à Rosie en tout ? »

Les rouages se mirent à fonctionner. « Six. Mais elle va se rendre malade si elle les mange tous d'un coup. »

« C'est sûr. Mais si elle n'en mange qu'un, combien va-t-il lui en rester? »

« Cinq. »

« Un pour chaque jour de la semaine. Un beau pactole pour Rosie, qu'en dites-vous ? »

« Si Snouts gagne au poker, on pourrait les acheter. »

« Espérons que ce soit le cas, alors. Me feriez-vous l'honneur de me dire votre nom ? »

La petite fille lui jeta un regard en biais tout en étudiant Rosie, qui avait trouvé une parcelle de poussière libre et s'affairait à creuser un bain de poussière. « Je suis une Mopsie. »

« Mais vous avez bien un prénom ? »

« Sais pas. »

« Vous ne savez pas votre nom ? » C'était vraiment triste comme situation : les poules étaient dignes d'avoir un nom mais pas les petites filles chapardeuses?

« J'ai un nom, c'est juste que je sais pas si j'dois vous'l dire. Snouts a dit que non, quand c'est les flics qui le demandent. »

« Je ne suis pas un flic ; et si nous devons être les membres du troupeau de Rosie, il faut qu'on s'adresse aux autres correctement. »

Elle réfléchit à ces paroles. « Je m'appelle Maggie, en fait c'est Margaret mais c'est trop long à prononcer. »

Claire se pencha vers elle et lui tendit la main et, médusée, Maggie la serra en retour. « Enchantée, Mademoiselle Maggie. Et votre sœur ? »

« C'est Lizzie...Elizabeth. »

Claire en souriant continua, « Mon deuxième prénom c'est Elizabeth. C'était le nom de ma grand-mère qui était considérée comme une très belle femme, à son époque. Ma mère, comme vous pouvez le constater, était très optimiste. »

« Lizzie est très belle, » dit Maggie, un peu sur la défensive, comme si sa sœur ne devait pas être surpassée par une autre Elizabeth, quelle qu'elle soit, vivante ou pas.

« C'est vrai. Elle a des yeux bleus ravissants. J'espère qu'elle m'a pardonnée de l'avoir tapée hier soir. »

« Ben non. »

« C'est elle qui avait commencé à me donner un coup de pied, si je peux me permettre, c'était absolument injustifié. J'espère que son cœur s'attendrira à mon égard à temps, si nous devons faire partie du même troupeau. »

Maggie resta silencieuse tout en regardant Rosie gratter dans la poussière et s'en recouvrir avec une opiniâtreté joyeuse. Puis elle dit, « Pourquoi est-ce qu'elle se salit comme ça ? »

« Elle se baigne. La poussière sert à étouffer tous les parasites, et la fait se sentir luisante et propre quand elle s'est bien secouée. »

« Comment ça se fait-il qu'une dame comme vous en sait autant sur les poules ? »

« Poulgarth, celui qui s'occupe des poules, m'a appris tout ça quand j'avais ton âge. Il sait tout sur les oiseaux. Nous avons le plus beau troupeau de toute la paroisse, et chaque oiseau a une confiance aveugle en lui. »

« Comme s'ils étaient du même troupeau alors ? »

« Oui, exactement. »

Maggie lui jeta un coup d'œil. « Jake n'a pas confiance en vous. Alors il n'est pas du même troupeau ? »

Claire hésita. « Dans certains cas ça prend du temps ; et je ne pense pas que si on lui offre un épi de maïs ça fera le même effet. »

À son grand étonnement, Maggie fit un large sourire, et des fossettes se creusèrent dans ses joues sales. « Il aime le maïs ; vous pouvez essayer. »

Claire sourit aussi, plus à cause du rapprochement inattendu de la petite fille au sourire édenté, qu'en imaginant Jake accepter quelque chose d'elle autrement que par la force ou par la ruse. « Je pense que le prix de cette confiance est beaucoup plus élevé que la valeur du maïs. Il faudrait que je lui offre au moins mon collier de perles. »

« Les voilà, alors. » Maggie fouilla sous ses vêtements et en sortit le double rang de perles des St. Ives.

Claire les fixa ; leur pâleur ressortait sur la main crasseuse de la fillette.

« Prenez-les. » Maggie les lui lança et Claire les rattrapa plus par réflexe que par sa propre volonté.

« Je ne comprends pas. Je ne vous ai montré aucune formule de produits chimiques jusqu'à présent. »

« Jake les aurait pris pendant la nuit et les aurait mis en gage s'il aurait su que je les avais...c'est pour ça que Snouts lui a pas dit. Mais nous on est du même troupeau et Jake, lui, il a peur de vous. »

Claire était si éberluée qu'elle ne savait pas par où commencer. « Mer — merci Maggie. Il est très méritoire de votre part de les rendre sans qu'on vous l'ait demandé. » Elle se mit les perles autour du cou et les dissimula sous le col de son corsage. « Jake ne m'a pas l'air d'être quelqu'un qui a peur de quiconque. »

« Il a peur de vous pourtant. Il est dur quand il cause, mais je le connais ; sinon il vous aurait filé un coup de couteau tout de suite. »

« Ah, vous croyez ? » Claire se laissa tomber de tout son poids sur la marche toute sale derrière elle. « Je dois m'estimer heureuse, alors. » Peut-être valait-il mieux changer de sujet.

« Il faut que j'aille envoyer un pneu, » dit-elle. « M. McTavish ne rentrera pas avant un bon moment. Voulez-vous venir avec moi ? »

Maggie fit non de la tête. « Rosie et moi allons rester ici. » Rosie s'ébroua dans un nuage de poussière et s'approcha en sautillant avant de se coucher sur le sol près des bottines poussiéreuses de Claire.

« Vous pourriez en profiter pour nettoyer sa cage et lui trouver de la litière fraîche, alors, » suggéra Claire.

« Puisqu'elle a terminé ses ablutions, il se peut qu'elle veuille pondre un œuf. »

À la perspective de l'arrivée imminente de nourriture, Maggie sauta du mur et alla chercher la cage. Sur le sol, Rosie clignait des yeux en savourant lentement la situation. Il y avait au moins une créature qui nageait dans le bonheur, à ce moment-là. Claire entra et mit son chapeau ainsi que sa veste en laine bleue, chercha en vain un miroir, puis elle sortit.

20

Elle n'avait jamais réalisé avec autant de clarté combien elle avait considéré tout comme acquis, même le fait d'avoir un shilling en poche. Sans une chose aussi simple, elle ne pouvait pas honnêtement prendre le métro à Victoria Station. Elle ne pouvait pas payer pour envoyer un pneu du Bureau de Poste, de sorte qu'elle envisagea de rentrer à la maison. Mais Belgravia était loin des docks.

Claire serra la mâchoire. Snouts allait revenir victorieux. Ils auraient les ingrédients nécessaires pour faire les artifices gazeux. Ils iraient chercher le landau ce soir et dorénavant elle ne devrait aller nulle part à pied. Mais en même temps elle avait des kilomètres à parcourir, elle était terriblement affamée et ses exhortations contre le vol à la tire commençaient à lui sembler absurdes.

Pas étonnant que Maggie ait voulu rester à la maison pour veiller à la sécurité de l'œuf.

Claire se sentait dangereusement déplacée pendant quelle se frayait un chemin dans les rues. Les marchés allaient bientôt fermer, mais la foule de gens désespérés la bousculait, les hommes la regardaient de travers et des groupes d'enfants maigres et en haillons tiraient sur sa jupe, pour mendier. Ils ignoraient qu'elle n'avait pas le sou et était sans abri comme eux. En fait, la seule différence était qu'elle possédait de l'instruction et une robe propre, et pas eux. Le talon de sa bottine glissa sur une bouillie de fruits pourris, et elle se raccrocha au flanc d'une charrette dont le propriétaire ne tarda pas à s'en prendre à elle. Rougissante et furieuse pour ce qui s'était passé, elle s'en alla en trébuchant et accéléra le pas autant que possible, tout en tenant fermement son chapeau.

Une demi-heure de marche éprouvante la ramena à l'Embankment, les digues construites sur les berges de la Tamise, et au bout d'une heure encore elle arriva dans le quartier plus tranquille de Mayfair où, au moins, l'air qu'elle respirait était libre de mauvaises odeurs et des invectives des vendeurs du marché en colère. Bien sûr on aurait dit qu'elle avait été traînée bon gré mal gré entre deux rangées d'étals ; sa jupe était tachée à deux endroits, ses demi-bottes étaient immondes et son chapeau de paille bleu avait été tellement bousculé qu'elle était sûre que ses cheveux ressemblaient à un nid de corneilles.

LA DAME AUX ARTIFICES

Wilton Crescent. Dieu merci ! Si seulement elle pouvait aller jusqu'à —

Elle s'arrêta tout net, comme si ses pieds avaient rencontré une plaque de verre.

Des vitres brisées. Des murs charbonneux. Au beau milieu de la rue, une grosse traînée noire, accompagnée de charbons de bois brûlé, lui disait que Peony avaient eu diablement raison dans ses prévisions. Mais qu'étaient devenus Gorse et Mme Morven ? Où étaient-ils allés ? Et restait-il quelque chose à l'intérieur?

Elle continua son chemin sur le trottoir. Il n'y avait aucun espoir de restaurer le motif en forme de chevrons de la brique — il avait été écrasé et cassé au-delà du réparable. La porte d'entrée s'ouvrit en grinçant, ce qui voulait dire qu'elle avait résisté à des mauvais traitements, mais ne pourrait jamais plus se refermer. Le hall d'entrée était absolument vide. Le salon était sens dessus dessous — les rideaux de velours arrachés et emportés, leurs anneaux éparpillés dans tous les coins et l'ensemble du mobilier volatilisé. La salle de musique...Claire avala difficilement sa salive et se raidit. Sa harpe était partie en Cornouailles sur la charrette et donc elle n'aurait pas le cœur brisé de la voir en mille morceaux. Puis elle cligna des yeux : le piano était toujours là. Elle tapa sur une touche. Son poids avait dû décourager la foule — et ils avaient dû oublier d'apporter des haches pour le démolir à l'intérieur. Mais il trônait dans une pièce qui pour le reste était vide, à part les verres brisés sur le parquet.

« Mme Morven ? » appela-t-elle sur l'escalier menant à la cuisine. « Gorse ? êtes-vous là ? » Seul le silence lui répondit — le plus profond qu'elle ait jamais entendu dans la maison.

La cuisine avait bien sûr été vidée de tout ce que Mme Morven avait soigneusement répertorié. Il restait quelques pots, quelques couverts et même un panier. Mais elle se rendit compte que c'était plus que ce dont ils disposaient dans la baraque où elle vivait actuellement, où les seules choses pour cuisiner étaient une lampe à pétrole, une poêle en fonte et une marmite en cuivre cabossée, toutes prélevées de différents tas d'ordures après avoir été jetées là car inutilisables.

Une idée s'insinua dans son cerveau comme un rat dérangé dans une pièce sombre. Ceci était toujours sa maison — et même dans cet état délabré c'était un meilleur abri que le squat au toit incliné. Pouvait-elle amener Snouts et sa bande ici jusqu'à ce que les conditions de leur accord soient remplies ?

Elle grimpa l'escalier, tout en remarquant que plusieurs colonnes de la rampe avaient été déboulonnées, probablement pour alimenter le feu de joie qui avait été allumé dehors. Les chambres avaient été pillées, elles aussi, et la plupart du linge avait été emporté. Mais, par miracle, le matelas de son lit était toujours là, placé de travers sur son cadre en acajou. La combinaison du poids des quatre piliers et de la taille de la cage d'escalier l'avait probablement sauvé. Et puis le linge dans le placard, dans un renfoncement du mur, était toujours là. Mais les livres avaient été brutalement jetés à bas de la bibliothèque et éparpillés d'un bout du troisième étage à l'autre. La moitié d'entre eux semblaient avoir été utilisés eux aussi pour faire partir le feu.

LA DAME AUX ARTIFICES

Elle soupira et, le cœur lourd comme une ancre de bateau, elle monta au quatrième étage. Par miracle, rien ne semblait avoir été cassé et ni même dérangé. Ils n'étaient pas montés jusque là. Une sorte de bourdonnement attira son attention et elle ouvrit la porte de ce qui avait été la chambre de Silvie. Le dernier balai automatique de sa mère traquait la poussière comme si de rien n'était.

Claire tomba assise sur une chaise à dossier grille en laissant des larmes couler sur ses joues sans qu'elle puisse les retenir. Le balai aspirant était probablement la seule chose qui restait de son ancienne vie. Le voir continuer à fonctionner comme si Silvie allait entrer à tout moment pour chercher un onguent pour la peau pour Lady St. Ives était si ridicule, comique et pathétique que Claire ne put pas s'en empêcher.

« Que vais-je faire ? » se demanda-t-elle quand le chagrin s'apaisa un peu. La poitrine secouée de sanglots, elle essuya les larmes sur ses joues comme une enfant. « Qu'en sera-t-il de nous tous ? »

Le balai aspirant alla heurter le pied en fer de la tête du lit, tourna à gauche et continua à bourdonner en-dessous en faisant son travail. Il n'avait pas de réponse pour elle. Elle devait les trouver toute seule.

Mais il fallait faire les choses dans l'ordre : y-avait-il encore une feuille de papier dans la maison ? et un pneu ?

La réponse à la première question était non. Pas une seule feuille, à moins qu'elle ne se serve des pages de garde des livres épars sur le sol. Mais trois pneus attendaient dans la chambre sous vide, Dieu merci. Le premier était une lettre du majordome de Wellesley House, qui souhaitait la bienvenue à Gorse parmi le personnel et disait qu'il pouvait entrer en fonction le vingt et un juin.

Claire avait tellement perdu de vue sa vie que, malgré tous ses efforts, elle n'arrivait pas à se rappeler de la date du jour. Elle ouvrit le pneu suivant : c'était une facture de Madame du Barry pour ses robes du soir.Elle la mit de côté, avec un petit grognement. Le dos lui servirait pour ce qu'elle voulait faire, et la chère lady allait devoir attendre longtemps pour ses robes. Le troisième pneu contenait une seule carte avec — bizarrement — le nom d'Andrew Malvern et l'adresse sur le devant. Elle la retourna. Le mot inquiet était écrit derrière dans ce qui semblait être une chose écrite au fusain de façon illisible. Elle avait vu l'écriture carrée, lisible de M. Malvern sur des documents sur son bureau, et à moins qu'elle ne se soit dégradée énormément ces derniers jours, ce n'était pas la sienne.

Bizarre...et mystérieux. Inquiet. Hum. Ce n'était pas à lui de s'inquiéter pour elle. Il ferait mieux de consacrer son énergie à choisir son associé en affaires. Elle enfila la carte dans son gant et commença à fouiller la cuisine. Au bout d'un moment elle trouva, dissimulé au fond d'un tiroir, un étui à crayons. Sa mère trouverait encore plus mystérieux de recevoir une lettre écrite au dos d'une facture, mais à période désespérée mesures désespérées, et l'écritoire était probablement à Exeter à présent.

LA DAME AUX ARTIFICES

Chère Maman,

J'espère que vous allez bien tout comme mon frère. Vous allez probablement voir arriver bientôt la charrette avec les petites pièces de mobilier et de vaisselle. Elle est partie samedi. Nous rencontrons des difficultés pour vendre Carrick House mais je suis sûre que M. Arundel continuera à faire de son mieux.

J'ai eu un poste comme gouvernante de six enfants qui ont de quatre à quatorze ans, y compris deux jumelles. Ils ne manquent pas d'intelligence et à l'heure actuelle je leur apprends à compter. C'est pour cela que je ne pourrai pas vous rejoindre avant quelques semaines.

Mon poste n'est pas permanent, mais pour l'instant ce que je fais est nécessaire.

Votre fille qui vous aime
Claire

Elle fit tourner chiffres et lettres sur le pneu pour former le code de Gwynn Place, et regarda le système de courrier pneumatique l'aspirer en direction de la station de commutation de Victoria, où le pneu passerait par une série de relais jusqu'en Cornouailles. Donc pendant quelques semaines au moins, sa mère croirait qu'elle était en sécurité et n'enverrait pas un policier l'accompagner à la gare de Victoria pour s'assurer qu'elle prenne le Dutchman.

Claire monta l'escalier et trouva une feuille de garde gisant sur le tapis du hall, qui irait très bien pour Émilie.

Ma chère amie,

Je suis désolée de n'avoir pas pu rester pour parler avec toi hier soir, mais la nuit tombait et je devais rejoindre mes tantes Beaton sans plus tarder. Tu seras contente de savoir que j'ai eu un poste comme gouvernante. On me laisse plus d'indépendance que je ne croyais et maintenant je fais étudier les maths aux six enfants dont j'ai la responsabilité.

Je serai très occupée pendant quelques semaines mais je te prie de ne pas t'inquiéter.

Ton amie affectionnée
Claire

Avec un sifflement, la deuxième missive entama son voyage plus bref jusqu'à Cadogan Square. Claire ne pouvait qu'espérer qu'Émilie sache intercepter le courrier qui lui était adressé, sinon elle aurait sacrifié une page de garde pour rien, enfin...pour alimenter le feu de la cheminée du salon Fragonard. Elle retourna au troisième étage et commença à recueillir les pages de garde et les frontispices des débris de livres qui jonchaient le sol. Si Tigg et les autres allaient plus loin que la table de quatre, elle aurait besoin de quelque chose sur quoi écrire. Elle les fourra dans son cartable et fit l'inspection des chambres. Quoi d'autre ? du linge ? Non. Il n'y avait pas de lits sur lesquels les mettre. Brocs de toilette ? Réduits en mille morceaux. Vêtements? Elle avait déjà eu du mal à transporter sa malle. Inutile d'apporter autre chose.

LA DAME AUX ARTIFICES

Malheureusement, la vérité était qu'elle ne pouvait rien emporter de son ancienne vie avec elle. Elle ne pouvait pas non plus amener Snouts et les autres ici, même si l'idée n'était pas dénuée de sens. Ils ne pouvaient pas aller et venir dans Mayfair sans risquer de se faire arrêter pour la simple raison qu'ils y circulaient. C'est elle qui devait se résigner à vivre à la dure, jusqu'à ce qu'elle ait fait ce qu'elle avait promis de faire.

Ceci dit on pouvait rendre la vie un peu plus facile, non ? De retour au quatrième étage, dans la chambre de Mme Morven, elle trouva un paquet de poudre dentifrice et un pain de savon. La bonne dame ne leur en voudrait pas, et Claire le lui rembourserait dès qu'elle le pourrait. Elle ramassa le balai brosse et il arrêta immédiatement de bouger. Elle le cala sous son bras et descendit l'escalier.

Où était Mme Morven ? et Gorse ?

Elle n'avait aucun moyen de leur dire qu'elle était en sécurité et aucun moyen de savoir si eux aussi l'étaient. Elle ne pouvait que laisser un billet dans le désordre de la cuisine et espérer que l'un deux revienne et le trouve. Elle écrivit quelques mots rassurants sur une feuille volante qu'elle laissa sur la planche à découper. Puis elle prit une demi-douzaine de fourchettes et deux couteaux légèrement tordus qui étaient par terre et les mit dans son cartable, alors que le balai aspirant prenait le chemin de la poubelle. Si demain il y avait de la nourriture, il y aurait au moins le matériel pour la manger.

Nourriture. Son estomac était sûrement en train de se coller à sa colonne vertébrale. Dans cette maison de l'abondance, ne pouvait-elle pas trouver quelque chose pour ne pas mourir de faim ? Juste derrière le placard froid elle trouva une pomme, vieille et ridée. Avec soulagement, et avec le sentiment qu'elle se comportait comme la pauvre Rosie, elle la dévora en quelques secondes. Cela ne lui remplit pas l'estomac, mais au moins elle pouvait affronter le long chemin de retour jusqu'au squat avec quelque chose qui ressemble à du cœur au ventre.

Le squat. Encore une nuit sur la pile de chiffons. Et la perspective de Jake qui lui donnerait un coup de couteau si sa peur ne l'emportait pas sur sa haine.

Dehors, sur le pas de la porte, elle caressa de la main les panneaux de la porte, tandis qu'elle faisait de son mieux pour se fermer. Elle se pencha un instant contre celle-ci, les yeux fermés, respirant l'odeur de peinture et du bois légèrement craquelé. Puis elle se tourna vers la rue et se prépara à quitter une fois de plus sa maison.

21

« Vingt livres! *Vingt livres!* » Snouts feuilleta la pile de billets éculés devant le visage de Claire et dansa la gigue autour d'elle. « Je suis le roi du poker des cowboys et je suis riche ! »

Claire se mit à rire en regardant sa tentative de danser la polka avec Tigg, qui le repoussa en disant : « Va-t-en, abruti ! » Puis elle croisa les bras. « Vous voulez dire que *nous* sommes riches, bien sûr. Puisque ceci est une communauté, nous avons tous droit à une part du butin. »

« Ah...mais c'est moi qui me suis jeté dans la gueule du loup, dans ce cas. »

« Pas du tout. Le loup était ivre et avait les yeux trop rouges pour voir. Cela a été un cas de compréhension supérieure de la stratégie de votre côté, de bon timing de la part de Tigg et de mise généreuse de ma part. Que je voudrais d'ailleurs récupérer, s'il vous plaît. »

Elle avait remarqué qu'à part ses autres traits de caractère, Snouts avait un grand sens pratique. Il savait que non seulement il ne faisait pas le poids mais en plus que les autres membres de la bande avaient faim, qu'ils étaient inquiets, et n'hésiteraient pas à le jeter à terre s'il se moquait encore d'elle. Il fouilla sur lui et en sortit la bague en émeraude. Les doigts de Claire se refermèrent dessus et elle récita mentalement une prière de remerciement. Puis elle l'enfila sur le majeur de sa main droite — le seul auquel elle allait — et tendit sa main gauche, en montrant la paume.

Snouts la regarda. « Et maintenant, milady, même vous reconnaîtrez qu'il est juste que je prenne mes gains, maintenant que vous avez récupéré votre bien. »

« Je suis reconnaissante d'avoir repris ma mise ; mais comme je l'ai dit, les gains appartiennent à tous. Nous devons mettre de côté cinq livres sterling pour l'enjeu la prochaine fois. Chaque membre ici en recevra deux, à dépenser comme il préfère. Et donc il en reste cinq pour vous, M. McTavish, ce qui est beaucoup plus que ce que vous auriez obtenu sans notre aide, avouez-le. »

« Et pour les produits chimiques ? » voulut savoir Jake.

« Vous avez tout à fait raison, M. Jake. Je peux me procurer les produits avec l'une de mes livres ; avec l'autre, j'achèterai quelque chose à manger sinon je m'évanouirai sur place. Qui est d'accord avec moi ? »

Maggie et Willie se rapprochèrent de ses jupes. « On peut avoir un bonbon ? »

Elle regarda ces deux paires d'yeux, ombrés de saleté et de plus de soucis qu'un enfant devrait jamais porter sur ses épaules. « Je crois qu'un bonbon serait la juste récompense pour un travail bien fait dans le domaine des mathématiques. Et nous ne devons pas oublier Rosie, pendant que nous jouissons des fruits de nos labeurs. »

« Elle a pondu un œuf, » dit Maggie d'un ton confidentiel. « Je l'ai caché. »

Lizzie restait en arrière, le visage fermé tandis que le désir de s'en aller luttait contre le besoin d'être en compagnie de Claire.

« Mademoiselle Elizabeth, nous serions heureux de profiter de votre compagnie, si vous acceptiez de vous joindre à nous. »

« On m'appelle Lizzie. »

« Bien sûr — votre famille vous appelle comme ça. Mais il serait impertinent pour moi de m'adresser à vous de façon si familière vu que notre connaissance est récente. »

« Dis 'Je vous demande pardon', » demanda Maggie à sa sœur.

« J'vais pas lui demander pardon pour des prunes ! »

« Ne vous inquiétez pas, Mademoiselle Margaret, » la rassura Claire avant que des coups de poings ne s'en suivent. « Je ne suis pas offensée. Sortons maintenant. Monsieur Jake, si vous voulez bien avoir l'amabilité de nous accompagner, il vous sera peut-être utile de mémoriser la liste des ingrédients qui devront être mesurés ; car je ne peux pas utiliser mon carnet. »

Il acquiesça, le visage sans expression tandis que l'allusion semblait entrer par une oreille et sortir par l'autre.

Soyons raisonnable...elle ne pouvait pas prétendre récupérer toutes ses affaires aussi tôt.

Ils trouvèrent un vendeur de produits chimiques dans une ruelle proche de Haymarket, dans un quartier où Claire n'avait aucune chance de rencontrer quelqu'un de sa connaissance, mais qui avait suffisamment de clientèle huppée pour que son accent la mette à l'abri de questions embarrassantes. À la porte, Claire se retourna pour mieux voir une forme familière se faufilant parmi les ombres qui descendaient la rue. « Mademoiselle Maggie, auriez-vous l'amabilité d'inviter votre sœur à se joindre à nous ? C'est dommage qu'une personne de ma connaissance joue les pickpockets. »

« C'est pas une pickpocket, si vous pouviez la voir, vous vous en apercevriez, » fit remarquer Jake.

Maggie se précipita vers la porte, la poussa, déclenchant ainsi la clochette au-dessus de sa tête. Derrière un comptoir en chêne noirci par le temps, le pharmacien leva les yeux du cornet de poudre qu'il était en train de mesurer. En voyant Jake il fronça les sourcils. « Hé toi ! Laisse tranquille cette dame. Je ne veux pas de petits voleurs à la tire ici. »

L'endroit sentait le citron, les herbes amères et le kérosène de sorte que Claire eut soudain envie d'éternuer. « Ce jeune homme n'est pas un voleur, » le rassura-t-elle de sa voix la plus charmeuse. « Ce garçon-là non plus, et pas même ces petites filles, » ajouta-t-elle tandis que la clochette résonnait de nouveau et que les Mopsies déboulaient dans l'échoppe. « Il est ici pour m'aider et cela fait partie de son éducation. »

Le chimiste n'osa pas la contredire, mais il ne quittait pas des yeux les mains crasseuses de Jake tout en disant, « Toutes mes excuses, milady. Beaucoup de dames de qualité s'intéressent au sort des indigents. Que puis-je faire pour vous ce matin ? »

À côté d'elle Jake avait le poil hérissé. Il ne savait peut-être pas ce que signifiait *indigent* mais il avait reconnu le ton. Elle posa une main sur la manche de sa veste. « Nous faisons des études de sciences, et mes expériences nécessitent un certain nombre de produits chimiques. » En commençant par la capsaïcine liquide, elle dicta une liste de ce dont elle avait besoin, évaluant les quantités de chaque produit d'après son expérience récente. Elle parla lentement, pour que le pharmacien puisse prendre note et que Jake puisse les mémoriser.

« Il me faudra un peu de temps pour préparer tous ces produits, milady. Garçon ! » cria-t-il.

À côté d'elle, Willie sursauta, bien qu'il n'ait rien fait de mal à part écraser son nez contre le verre de la vitrine.

« Monsieur ? » Un jeune homme, plus mince encore que Snouts, surgit de l'arrière-boutique comme un diable de sa boîte.

« Aimeriez-vous un peu de thé dans l'attente, milady ? » demanda le pharmacien. « Robin ira vous le chercher. »

« Comme c'est aimable de votre part. Nous en aimerions tous un peu, merci. »

Le chimiste eut l'air déconcerté. « Heu ... alors ça fera — »

« Cinq tasses. Je vous remercie infiniment. »

Dix minutes plus tard, ils étaient assis devant des tasses de thé bouillant, sucré au miel et aromatisé au jasmin grillé toasté. Lizzie et Willie sirotèrent le leur avec délectation et avec moult claquements de langue et Claire réalisa qu'il allait falloir ajouter des leçons de maintien à celles de mathématique et de science, si elles devaient l'accompagner de nouveau. Maggie suivait des yeux chacun de ses mouvements, imitant la façon dont elle tenait la tasse, sirotant quand elle sirotait. Quand Willie eut fini sa tasse, Claire prit la théière. « Puis-je vous en offrir encore ? »

Il rapprocha sa tasse, et Claire dit à Maggie : « Les jeunes filles fréquentent des pensionnats pendant des mois pour apprendre à servir le thé de manière élégante, mais le plus important c'est que votre dos soit bien droit, vos épaules baissées, et que la vitesse à laquelle vous versiez soit proportionnelle à la profondeur de la tasse. De plus, vous ne devez jamais permettre au bec de fuir. Si c'est le cas, l'angle avec lequel vous tenez la théière est trop aigu. » Elle remplit la tasse de Willie sans faire tomber une goutte de la théière *Betty Brown*. « Voudriez-vous essayer ? »

Maggie avala la dernière goutte de son thé et reposa la tasse, en regardant la théière comme elle l'aurait fait d'une vipère venimeuse. « Prenez-la par l'anse et posez vos doigts sur le bord du couvercle. De cette façon il ne risquera pas de tomber et d'atterrir dans la tasse de votre invité. Je peux vous dire par expérience que les conséquences peuvent être désastreuses. »

LA DAME AUX ARTIFICES

Heureusement la théière était presque vide et pas très lourde. Maggie s'en empara, tint le couvercle comme si elle devait empêcher à un geyser de cracher par le haut, et elle en fit couler le quart du contenu sur la table avant d'en mettre un peu dans la tasse que Jake poussait devant elle.

« Merci, Mags. » Comme si recevoir une tasse de thé servie par une dame n'avait rien d'extraordinaire, Jake la prit et avala une longue gorgée.

« Je vous félicite, Maggie. » Claire sourit à la petite fille tandis qu'elle reposait la théière et s'asseyait, en soufflant longuement à travers les boucles noisette qui lui retombaient sur la figure.

« Elle a fait n'importe quoi, » dit Lizzie en colère. « Pas de quoi la féliciter. »

« Voudriez-vous essayer ? » Claire ne voulait pas la mettre au défi, mais Lizzie le prit probablement comme une provocation. Elle grogna et saisit l'anse de la théière. Mais elle surestima son poids — le bec plongea — le couvercle tomba et s'écrasa sur les carreaux — et toute la théière lui glissa des mains et se brisa sur le sol dans une explosion de tessons de céramique et de feuilles de thé mouillées. Lizzie poussa un cri et fondit en larmes.

« Eh bien, que se passe-t-il ? » Le pharmacien et Robin surgirent de l'arrière-boutique, contemplant le désastre abasourdis. « Regardez ce que vous avez fait, sacripants ! »

Claire se leva, le cou le plus étiré possible pour le regarder de haut en bas. « À qui vous adressez-vous ? »

Il cligna des yeux et rougit. « Ce n'est pas à vous que je le disais, milady. Je voulais dire — »

« Certainement pas à mes protégés. J'essayais de leur donner une leçon de maintien et nous avons eu un petit incident. Je serais heureuse de vous rembourser le prix de la théière et du thé. Il était délicieux et nous l'avons beaucoup apprécié. »

Il était probable que cela lui coûterait les quelques shillings qu'elle espérait économiser pour acheter quelque chose à manger, mais elle ne pouvait rien y faire. Elle était déjà reconnaissante du fait que le thé leur était arrivé sans le demander ; son corps déshydraté était en train de revivre.

Robin nettoya tout le désordre pendant que Maggie entraînait sa sœur qui reniflait dans la rue, où il était clair qu'elle allait lui secouer sérieusement les puces. Claire n'eut pas le cœur de l'arrêter. Peut-être que des remontrances de la part de sa sœur adorée feraient plus pour changer l'attitude de Lizzie que d'être chapitrée par n'importe qui d'autre.

Le pharmacien mit les flacons et les sachets de produits chimiques dans un paquet soigné, et Claire lui tendit ses deux précieuses livres sterling. Quand il lui rendit deux shillings de monnaie, elle se retint de les lui arracher de peur qu'il ne change d'avis ; elle les prit et les rangea dans son gant, réunit ses protégés et tendit le paquet à Jake.

« Bon, » dit-elle tandis qu'ils sortaient de la ruelle en direction de Haymarket, « trouvons plein de bonnes choses à manger pendant que vous, Monsieur Jake, vous me récitez le contenu de ce paquet. »

Tout en allant du vendeur de tourtes au stand de pâtisseries et au vendeur d'oranges, Jake récita lentement et laborieusement la liste de produits chimiques, exactement comme elle l'avait dictée au pharmacien. Et quand elle eut enfin — enfin — un steak et un pâté en croûte entre les mains, elle dut se rendre à l'évidence : il avait fait un sans faute.

« Félicitations, Monsieur Jake. » Elle mangea le pâté en croûte directement dans ses mains et rien ne lui avait jamais paru aussi bon. « C'est vraiment très bien. Savez-vous lire et écrire, pour que vous puissiez l'enregistrer par écrit ? »

« Je connais les lettres et les chiffres. »

« Bien. Alors je vous encourage à vous munir d'un crayon à un de ces stands — en le payant, je vous prie, » s'empressa-t-elle d'ajouter, en le voyant en prendre un à la sauvette. « J'ai du papier dans mon cartable. Vous pouvez commencer à faire votre propre recueil de produits chimiques aujourd'hui même. »

Il lui jeta un coup d'œil en biais tout en lui tendant un demi-penny pour le crayon et il le mit dans sa poche. « C'est pas très malin d'aller raconter vos secrets aux gens. »

« On était d'accord comme ça. »

« Quand même. Des gens paieraient cher pour savoir comment les faire ces artifices. »

« Peut-être. Pensez-vous vendre cette liste à Billy Crumwell? »

Il s'arrêta, les yeux agrandis, et glissa sa main libre sous le bord de sa veste en haillons, où il gardait son couteau sur sa ceinture. « Je suis pas un vire-capot, » dit-il d'une voix lente et mauvaise.

Claire espérait qu'il ne voyait pas son pouls battre sur sa veine jugulaire, et elle s'affaira à épousseter des miettes sur ses mains et son visage. « Je n'ai pas dit que vous en étiez un. C'est simplement que j'ai trouvé bizarre que vous disiez cela. »

« C'était pas de moi que je parlais. Vous pourriez la vendre facilement cette liste. »

« Je n'ai pas envie de la vendre. » Elle garda la voix admirablement calme. « Je préfèrerais l'utiliser pour améliorer notre situation. Non, Willie, je crois que si vous mangez encore un gâteau vous serez malade. Peut-être pourriez-vous chercher quelque chose qui plaise à Rosie. »

« Qu'est-ce qu'elle a notre situation ? » demanda Jake.

« Avouez que comme carrière il y a mieux que récolter des chiffons. » lui dit-elle. « Si vous concentriez vos dons sur la chimie, vous iriez plus loin. »

« Comment je ferais ? »

« Je pourrais vous aider. »

« Vous allez disparaître comme vous êtes arrivée. Je sais pas à quoi vous jouez, milady, mais vous êtes pas des nôtres. »

Jouer était la dernière expression qu'elle eut choisie pour décrire la situation. Elle retint la réplique acérée qu'elle aurait voulu lancer, et dit, « À l'heure actuelle, nos situations se ressemblent beaucoup. Des émeutiers ont mis le feu à ma maison il y a deux jours, Monsieur Jake. C'est en les fuyant que je vous ai rencontrés à la station de métro d'*Aldgate*. »

« Pourquoi ils auraient fait ça ? »

« Ils pensaient que mon père avait pris leur argent. Sauf qu'il est mort et ne pouvait donc pas les rembourser. » Jake ricana et Claire sentit ses joues geler sous l'affront. « Je ne trouve rien de drôle à cela, Monsieur. »

« Moi oui, milady. C'est justement comme ça que je me suis retrouvé à la rue. »

« Où est votre mère, alors? »

« Morte. »

« Et vous n'avez personne ? »

« Juste Snouts, Tigg et les autres. »

« Mais pas de famille ? »

« Non...et vous ? »

« Ma mère est en Cornouailles. Autant dire au bout du monde. »

« J'irai au bout du monde un jour. »

Un sourire se forma spontanément sur ses lèvres. « C'est une ambition formidable, Monsieur Jake. Allez-vous explorer l'Amazonie ? »

« Sais pas...je crois plutôt que j'y serai envoyé au bagne quand on m'aura condamné pour vol ! »

En soupirant, Claire tourna son attention vers ses protégés pour les localiser. Une chose à la fois. Après tout, il ne lui avait pas donné de coup de couteau.

Pas encore.

22

La lune n'était encore qu'une promesse au-dessus des toits et des passerelles des docks quand Claire acheva le mélange gazeux de capsaïcine composant les artifices. À la lueur d'une seule chandelle courtaude, Jake avait pris note en lettres capitales des ingrédients et du mode d'emploi pour les mélanger, ce qui fit que Claire travailla beaucoup plus lentement que d'habitude. Si elle avait eu son carnet avec elle, elle aurait accompli la tâche en un quart d'heure, mais elle y passa plus de temps pour encourager Jake à coopérer — et puis c'était aussi une excellente occasion pour lui de faire des exercices d'écriture et d'orthographe.

Snouts allait d'une porte à l'autre, l'œil sur la rue pavée d'un côté et la rivière de l'autre. « Allez, » disait-il toutes les cinq minutes. « Ils partiront avant qu'on y arrive. »

Claire était au moins aussi impatiente que lui; elle était seulement plus habile à ne pas le laisser paraître. « Nous sommes prêts, M. McTavish. » Elle enveloppa soigneusement les flacons dans ce qui avait pu être autrefois un torchon, avant de les ranger dans son cartable. « Allons-y. »

Billy Crumwell et sa bande étaient, elle le découvrit plus tard, les seigneurs d'un squat à St. Giles Close, une adresse qui semblait beaucoup plus huppée que ce qu'elle n'était en réalité, à cause de sa proximité avec l'église appauvrie de St. Giles. Le bâtiment avait quand même des fondations en pierre, des murs solides et même un espace vide à l'arrière, qui avait dû avoir autrefois la prétention d'être un jardin.

« Est-ce que cette propriété appartient à Billy Crumwell ? » chuchota Claire à Snouts, en s'accroupissant près de lui au milieu des ombres des tombes du cimetière de l'église.

Snouts ricana sous le manteau. « Elle est à personne mais simplement au premier qui la prend. Billy a poignardé Spotted Dick Black pour l'avoir, après qu'il avait été dans la bande pendant un an. »

« Mais elle doit bien appartenir à quelqu'un... »

« Alors je les ai jamais vus. Ces murs ça va être coton. »

« Qu'est-ce qui vous fait dire cela ? »

« Comment vous allez enfiler les flacons à l'intérieur ? Je vois qu'une fenêtre de cassée. Mopsies ! » Les filles se matérialisèrent près d'eux en sortant de l'obscurité.

« Allez faire vite une visite de reconnaissance. On a besoin de trous dans les murs, genre des vitres cassées ou autre, pour enfiler les flacons dedans. »

Sans un bruit, les filles disparurent comme si elles avaient déjà fait ce genre de choses auparavant. Claire eut juste le temps de réfléchir au fait que la nuit était en train de devenir vraiment glaciale, quand elles réapparurent. « Il y a une vitre cassée près de la porte de derrière, » déclara Lizzie en chuchotant. « Des bardeaux arrachés du toit du côté du fleuve, et une planche branlante de l'autre côté. La façade est serrée et ils ont mis un garde. »

Snouts jura en entendant ce rapport. « Jake, tu t'occupes du garde. Tu fais gaffe au bruit. »

Claire serra le bras de Jake. « Qu'est-ce que ça signifie ? Vous n'allez pas tuer cet homme, n'est-ce pas ? »

Il la regarda, éberlué. « Pour qui vous me prenez ? Je ferai rien...à moins qu'il cherche la bagarre. »

« En aucun cas ! Je ne veux pas que mes amis soient mêlés à un meurtre. »

« Lady — »

La peau de Claire était devenue glaciale avec ce qui était plus que de la rosée. « Je ne suis pas d'accord, vous m'entendez ? Nous devons réussir en exploitant notre intelligence, pas la force brutale. »

« On va réussir en exploitant mon bon bras droit, Milady, » lui dit Jake d'un ton laconique et légèrement méprisant avant de se fondre dans la nuit.

« Il m'entendra, s'il touche à un cheveu de ce garde, » dit-elle en souriant.

« Jake est doué, » l'assura Tigg. « Le garde sentira rien du tout. »

Cette affirmation n'eut pas l'effet réconfortant escompté. Malgré tout, elle ne pouvait rien y faire, à part accomplir le travail pour lequel elle était venue. Elle serra les dents tandis que Snouts mettait sa stratégie en place. « Tigg, tu es le meilleur pour crapahuter, donc tu prends le toit. Je vais à la porte de derrière. Mopsies, vous prenez le flacon qu'a Jake et vous jouez les gardes. Milady, vous feriez mieux de rester ici. »

« Sûrement pas, » protesta Claire avec force.

« Vous avez fait votre part du boulot avec les produits chimiques. Vous allez seulement être dans nos pattes. »

« Dans vos — ? Et qui a fait sauter votre maison la nuit dernière à cette heure-ci, sans aucune aide, je vous le demande ? »

« Billy Crumwell a tué quatre hommes, » le ton de Snouts était tranchant comme une épée et tout aussi efficace. « On fait une faute et c'est notre tour, c'est sûr. Au premier signe d'ennuis, vous vous barrez. »

« Je ne m'en vais pas sans mon landau — ni sans chacun de vous. »

« Vous feriez mieux de penser à sauver votre peau. »

« Mais je — »

Un oiseau se mit à siffler près du mur du cimetière et Snouts leva une main. « Ennuis. » Centimètre par centimètre, ils se déplacèrent pour essayer de voir au-delà de l'ange aux ailes déployées derrière lequel ils étaient dissimulés, et virent arriver une lanterne dans la cour du squat. Trois ou quatre jeunes hommes, juste un peu plus vieux que Claire elle-même, accompagnaient un individu vêtu de ce qui ressemblait à une redingote en velours et un haut de forme légèrement cabossé, avec une paire de lunettes d'aviateur. Son gilet était en cuir et il portait sur son côté un fusil avec un canon curieusement bulbeux et long. Snouts tira un soupir de soulagement.

« Quoi ? Qui est-ce ? » murmura Claire. « Est-ce que c'est Billy Crumwell ? »

« Non...Billy c'est le type en manteau long et avec les chaînes sur l'épaule. » Claire se concentra sur le groupe. Elle ne l'avait même pas remarqué. « Ce truc qui lance des éclairs...milady, c'est des ennuis. Je vais rappeler Jake et Maggie. »

« Pourquoi ? »

Avant qu'il puisse répondre, Billy Crumwell parla à son compagnon. « Je te le dis, Luke, tu le regretteras pas. C'est une vraie beauté, il a pas une égratignure. Une affaire à cent livres. Tu pourras te balader où tu veux et personne croira que t'es pas un lord. »

Claire serra fort la dalle de granit. Ils étaient arrivés trop tard. Bougres de bandits ! « Il faut qu'on les suive. Ils vont vendre mon landau à ce Luke. »

Snouts fit une imitation de corbeau très crédible et en quelques secondes Maggie les avait rejoints. Pas trop tôt non plus, parce que Luke et ses quatre acolytes sautaient le mur où elle montait la garde et se frayaient un chemin à travers les tombes à moins de cinquante mètres de là. Ils filèrent par l'allée étroite qui se trouvait entre l'église et la taverne délabrée non loin de là. Claire se leva et se mit le cartable avec son contenu mortel sur le dos.

Snouts la fit rasseoir sans ménagements. « Vous pouvez pas, milady. C'est Lightning Luke Jackson. »

« Pour l'amour du ciel, lâchez ma jupe ! Peu m'importe, même si c'est le chef de l'Opposition. Ils vont nous échapper ! »

Jake plongea dans l'ombre du monument, en respirant bruyamment. « Tu as bien fait de nous appeler, Snouts. Le garde est dehors, mais ne compte pas sur moi pour aborder Lightning Luke. »

Elle ne savait pas qui était Lightning Luke Jackson, et son nom ne lui disait rien. Tout ce qu'elle savait c'était qu'il allait acheter son landau en douce, et qu'elle n'était pas venue jusqu'ici, et n'avait pas sacrifié autant de choses, pour le laisser faire. « On est armés. Je les suis. Vous, vous faites comme vous voulez. »

Se déplaçant lentement en louvoyant entre les pierres tombales, Claire empoigna son chapeau, traversa le cimetière et plongea dans la nuit noire comme l'encre de la ruelle, où les voix qu'elle entendait un peu plus loin lui prouvaient que sa proie ne craignait pas d'être suivie.

Elle sourit, se guidant au toucher sur le mur froid et graisseux à sa droite. Un son derrière elle tout à coup éteignit son sourire et en se retournant elle vit une mince silhouette qui se découpait contre le ciel éclairé par la lune. « Maggie ? » Une deuxième forme rejoignit la première. « Lizzie ? » Les deux petites filles se pressèrent contre ses jupes, même si elle avait pris les devants de la façon la plus discrète possible. « Que faites-vous ? Est-ce que Snouts est revenu sur sa décision ? »

« Il est furieux, » chuchota Maggie avec un sens de la synthèse remarquable. « Mais je ne pouvais pas vous laisser y aller toute seule. On est du même troupeau. »

« Et moi je suis aussi dans son troupeau. » Lizzie voulait donc qu'il n'y ait pas de confusion possible sur ceux à qui elle était fidèle. « Attention qu'il la tue pas. »

« Je ferai de mon mieux pour l'en empêcher, » promit Claire. « Bon, maintenant on se tait. On a un travail à faire. »

23

Deux rues plus près de la rivière, une rangée d'entrepôts bordait une voie si étroite que cela aurait très bien pu être une ruelle. Au beau milieu de la chaussée pavée coulait une rigole d'eau sale, qui emportait avec elle des débris flottants et de la nourriture si pourrie que même les rats affamés ne s'arrêtaient pas pour la prendre. Malgré l'état déplorable de ses jupes, Claire les souleva et longea les façades des bâtiments pendant que les trois ne perdaient pas de vue leur proie. Ils se planquèrent derrière un tas de tonneaux, à l'endroit où la ruelle débouchait sur une place.

« Là, on est à découvert, » chuchota Lizzie. « Vaut mieux attendre ici. »

Billy Crumwell marchait en tête vers une porte basse, voûtée, avec juste assez de largeur pour laisser passer une charrette. « C'est ici, à l'intérieur. Personne pourra nous déranger à cette heure de la nuit. »

Pendant cette filature, Claire avait conçu un plan. Les Mopsies se blottirent contre elle, et elle se pencha pour se rapprocher d'elles. « Dès qu'ils seront tous à l'intérieur, j'utiliserai la capsaïcine gazeuse. Couvrez-vous la figure avec vos jupes. Ne la respirez pas. »

« Laisse-nous regarder, avant. »

« Non, je — »

Trop tard. Sans faire plus de bruit que celui des haillons qu'elles portaient, les filles filèrent entre les édifices, dans un espace tout juste suffisant pour faire passer un chien efflanqué. Horrifiée, elle entendit la capote du landau émettre le son familier et tremblotant de quand on la replie, et l'instant d'après quelqu'un laissait tomber le capot et lançait un juron.

Ils essayaient de la faire démarrer. Dieu sait quel carnage leurs mains non entraînées allaient provoquer, abîmant la chaudière et gaspillant le charbon ! Ils allaient déséquilibrer tout le système et ensuite elle n'arriverait plus à le piloter pour le faire sortir de cet endroit horrible.

Elle se mit à extraire du cartable, le plus vite que le lui permettaient ses doigts, deux des artifices qu'elle sortit de leurs emballages, puis elle se remit le cartable sur le dos et s'éclipsa vers la porte. Aucun garde en vue. Imbéciles. En se penchant simplement de quelques centimètres à gauche, elle pouvait voir de l'autre côté de la porte. Il y avait son landau, et une bâche en toile sur le sol juste à côté. Quelqu'un avait ouvert le capot encore une fois, et deux des voleurs se penchaient au-dessus, essayant de comprendre comment marchait l'allumage, tandis qu'un troisième était assis sur le siège du conducteur, avec ses propres lunettes sur le front.

Elle serra les lèvres, et quand quelqu'un toucha sa main, elle fit un bond et laissa échapper un petit cri.

« Les façades des entrepôts sur la rivière, » chuchota Maggie très vite. « Si il faut qu'on coure, la marée est basse. »

Avant que Claire puisse comprendre le lien entre ces deux faits, quelqu'un cria de l'extérieur. « Hé ! Qui est là ? Jim, va à la porte. »

« On est repérés ! » Maggie saisit sa main. « Par ici. »

« Non. » Claire lança d'abord le premier artifice, puis l'autre, des deux côtés du landau. Tandis qu'ils éclataient sur le sol, elle agrippa la porte. « Maggie, aidez-moi ! »

Elles la poussèrent pour la fermer juste au moment où un autre corps s'écrasait de l'autre côté et Claire se cramponna aux lattes. Elle tira sur la barre de fer qui autrefois reposait en travers de la porte, mais sans succès. La porte commença à s'ouvrir, la poussant inexorablement dehors sur la place. Un autre corps frappa la porte de l'autre côté, puis un autre, et soudain la porte s'ouvrit violemment. Elle tomba de côté tandis que Lightning Luke jaillissait dans le vide, les mains écrasées sur les yeux, son drôle de fusil au creux de son coude et pendant de son avant-bras. Les autres suivirent, en poussant des cris de douleur, tandis qu'un nuage de gaz s'échappait en volutes derrière eux.

Luke s'écroula à moins de trois cents mètres d'elle, le canon évasé du fusil gisant sur les pavés près de lui.

Le fusil. C'était ce dont tout le monde avait le plus peur.

D'un mouvement vif elle s'en empara, puis faillit tomber elle aussi à cause du poids inattendu de l'objet dans ses bras. Luke ne bougeait pas, à part qu'il grommelait et se frottait les yeux avec les basques de son manteau. Elle souleva son fusil avec beaucoup de précautions et, dans le rai de lumière du réverbère qui tombait au beau milieu de la place, étudia son fonctionnement.

Il possédait une gâchette, mais il n'y avait pas de logement pour les balles. Contrairement à ceux de son père. Mais qu'est-ce que c'était que ça ? À la place d'une chambre, il y avait un globe en verre épais. Si elle faisait bouger ce levier, ensuite...

Le fusil commença à ronronner.

Que devait-elle faire à présent ? Le bon sens lui disait de faire démarrer le landau et de s'en aller le plus vite possible. Mais où était Lizzie ? Maggie s'était de nouveau réfugiée derrière les fûts. Elle ne pouvait pas partir sans l'autre petite fille, mais si elle ne commençait pas immédiatement la séquence d'allumage du landau, les mécréants reprendraient du poil de la bête et sa situation serait inextricable.

Un vague reflet de lumière bleue attira son attention sur les pavés humides ; elle se pencha pour mieux voir.

Un orage d'éclairs s'était formé dans le globe en verre et le ronronnement avait pris de l'ampleur à présent. Mon Dieu, cette arme à feu marchait à l'électricité. Pas étonnant qu'ils l'aient surnommé Lightning Luke...Luc l'éclair !

Il fallait qu'elle s'en aille. Tout de suite.

« Maggie, » cria-t-elle. « Trouvez Lizzie ! »

« Qui c'est ça ? » Luke s'était remis debout, et titubait comme un ivrogne. « Où est mon fusil ? »

Il était toujours aveuglé. Son bon sens lui disait de rester tranquille, de faire démarrer le landau et de sortir d'ici. La colère voulait qu'elle lui dise le fond de sa pensée.

« C'est un piège, » maugréa l'un de ses acolytes. « Billy nous a eus. »

Luke ouvrit un œil, qui s'écarquilla en la voyant, puis il le referma brusquement sous l'effet des gouttelettes du gaz de capsaïcine condensées qui coulaient sur sa paupière. « Qui êtes-vous ? Posez ça, sacrebleu, et sortez d'ici. »

En s'appuyant au mur du bâtiment le plus proche d'elle, Billy était arrivé à se remettre debout. Un des hommes de Luke s'en prit à lui. « Traître ! Tu nous veux tous morts ! »

Il brandit un couteau et avant que Claire ait pu émettre un son, il avait poignardé Billy en pleine poitrine. Les chaînes qui ornaient les épaules de son manteau long firent un bruit métallique en tombant sur les pavés. Elle serra instinctivement les mains sur le fusil, index glissé dans le pontet de détente, et quand Billy tomba, son bras encore secoué par des spasmes heurta ses jupes. Elle cria, vacilla en arrière et le coup partit.

Un éclair de trois mètres jaillit du canon évasé, traversant la place et visant Luke qui fut instantanément foudroyé, la poitrine transpercée. Il avait le dos arqué tandis que des vrilles tremblotantes de lumière bleue se propulsaient à l'extérieur, le long de ses membres, le long de son manteau, même au sommet de son chapeau cabossé en peau de castor. Ses yeux sortirent de leurs orbites et il y eut un son de succion, comme si le liquide qu'ils contenaient s'évaporait. Il tomba, raide comme un tronc d'arbre, et resta allongé immobile.

Un filet de fumée s'éleva de la masse noircie qu'avait été sa veste en cuir.

Les doigts de Claire étaient engourdis et elle laissa tomber le fusil sur son pied. Elle avait l'impression que la nuit se peuplait et qu'un essaim d'abeilles avait envahi son cerveau. Elle entendit, comme de très loin, un autre cri disant quelque chose comme : « Milady ! Tout va bien ? » et plusieurs personnes pénétrèrent sur la place.

Coups de poing.

Les Mopsies.

S'il y avait du grabuge, elles seraient en danger. Elle ne devait pas s'évanouir. Elle ne devait pas.

Le fusil va leur faire mal. Ramasse le fusil. Prend le landau. Trouve les Mopsies.

« Milady ! »

Elle cligna des yeux et le visage de Snouts apparut clairement. « Monsieur McTavish ? »

« Arrêtez de rester plantée là comme une potiche, milady. Vous venez de tuer Lightning Luke Jackson ! »

« Est-ce qu'il est...vraiment mort ? » Impossible. Ça ne pouvait pas être vrai. Elle allait maintenant se réveiller dans son lit douillet de Wilton Crescent et se demander ce qu'elle avait mangé pour avoir eu des rêves aussi agités.

« Y a pas plus mort que lui. » Rêve ou pas rêve, Snouts parlait lentement et ne permettait pas à son regard de se détacher du sien. « Concentrez-vous, milady. Il faut qu'on retourne à son squat avant que les choses se sachent et que les policiers rappliquent. »

« Squat ? Et pourquoi ? »

« Il a une maison, milady. Une vraie maison avec une porte, une cheminée et tout et tout. Des tapis aussi, à ce qu'on m'a dit. Faut qu'on y aille et qu'on la prenne avant que les loups sortent du bois et s'en emparent. »

« Qu'est-ce que cette maison a à voir avec nous ? » On aurait dit qu'elle avait du coton dans la tête. Elle n'arrivait pas à donner un sens aux phrases.

Snouts lui prit le bras — celui qui ne soutenait pas l'arme — et la raccompagna dans l'entrepôt où se trouvait le landau. « Voilà comment ça marche. Vous l'avez tué — »

« Je ne voulais pas, Snouts. Le fusil a tiré par accident. »

« Je vous demande pardon, Milady, mais vaut mieux que vous la fermiez là-dessus. On va dire que vous avez désarmé Lightning Luke et que vous lui avez tiré dessus parce qu'il a volé votre bien. Peut-être que vous avez aussi poignardé Billy Crumwell, pour ce que j'en sais. »

« L'homme de main de Luke l'a fait. J'étais tétanisée. »

« Faut pas chercher midi à quatorze heures, et c'est pas eux non plus. L'important c'est que celui qui chope Lightning Luke prend son bien, vous pigez ? Jake ! »

appela-t-il dans le noir. « Rassemble tout le monde. On a un cadavre à amener à Vauxhall Gardens comme preuve, dès qu'on arrivera à faire démarrer ce landau. »

Ah, ça c'était quelque chose de concret à quoi se raccrocher. Quelque chose qu'elle savait faire. Avec la fluidité d'une longue habitude, elle enleva l'imperméable de son logement et le boutonna par-dessus son ensemble. À la lumière de la lampe que les voleurs avaient allumée pour contempler leur butin, elle vit ses lunettes d'aviateur sur le plancher, où elles avaient probablement été jetées quand le larron s'était enfui. Elle se les mit sur les yeux et entama la séquence d'allumage. Quand les aiguilles de l'indicateur décollèrent, elle alluma les phares. Snouts mit le corps raide de Luc l'Éclair sur la bâche et l'y enroula, puis il attacha le paquet à l'arrière avec une longueur de corde.

« Qu'est-ce qu'on va faire de — lui ? » Elle indiqua du doigt la forme inerte de Billy Crumwell sur la place. « On ne peut quand même pas le laisser ici. »

« Quelqu'un le ramassera avant l'aube, » dit Snouts en un raccourci saisissant tout en enlevant à l'homme son manteau en cuir encore très portable. Maggie et lui se serrèrent sur le siège qui était habituellement celui de Gorse, et Jake, Tigg et Lizzie s'entassèrent sur la banquette arrière, qui n'était réservée qu'aux paquets en fait.

Aussi tranquillement que si elle conduisait dans Regents Park elle appliqua la vapeur et ils sortirent de l'entrepôt, laissant la place déserte derrière eux — où ne régnait qu'un silence de tombe et l'odeur des ponts bel et bien brûlés.

24

Vauxhall Gardens n'était pas du tout aussi pittoresque que son nom aurait pu le faire penser. Claire conduisait le landau le long d'un dédale de rues étroites, en suivant les indications de Snouts, s'enfonçant de plus en plus dans les quartiers ouvriers. Au moins ils avaient de vrais toits au-dessus de leurs têtes, contrairement aux enfants serrés contre elle, qui devaient se contenter du loft d'un entrepôt.

« Là. » Snouts indiqua une maison en pierre, blottie contre le contrefort d'un pont. Disposée sur deux niveaux, ses fenêtres étaient intactes et même à cette heure la lumière brillait derrière celles du rez-de-chaussée. « Elle est en bordure du fleuve pour que Luke puisse déplacer sa cargaison. »

« Quelle cargaison ? »

« J'sais pas. Le butin du jour, je suppose. Il a commencé comme chiffonnier, comme nous à ce qu'on dit, mais comme il est entreprenant, il a gravi les échelons dans le monde. J'imagine piraterie et cambriolages, mais c'est le genre de questions qu'un homme ne pose pas par ici. »

« J'espère que ses associés ne s'attendent pas à ce que ces activités continuent. » Claire jaugeait la maison tout en manœuvrant pour s'arrêter juste devant. C'était un petit bâtiment solide.

Rien n'était cassé ni abîmé — en fait, si on pouvait dire qu'un criminel était fier de sa maison, *Lightning Luke* était de ceux-là. Même le mur en pierres à hauteur d'homme autour de ce qui aurait pu être un jardin, était solide et bien entretenu.

À quel degré de solidité, cela ils allaient le découvrir en s'approchant. « Il n'y a pas de portail, » dit Maggie. « Comment allons-nous entrer ? »

« Du côté du fleuve, » dit Jake. « Mieux vaut aller l'explorer d'abord. »

Les Mopsies prirent leur mission très au sérieux, et même si Claire avait voulu protester, sa voix aurait eu moins d'effet que le gargouillement de la rivière contre les arches en pierre du pont. De l'autre côté de la maison se trouvait un enchevêtrement de ronces et ce qui avait peut-être été une station de péage du pont-levis était à présent à l'abandon. Donc, la maison de Luke avait peut-être été autrefois celle du gardien.

Les Mopsies revinrent aussi silencieusement que rapidement. « Il y a quelqu'un qui fait le guet, » dit

Lizzie. « Il y a une plate-forme au-dessus de la porte pour les personnes et un type avec un engin, un sale gros fusil. La vanne est fermée et verrouillée. Les fenêtres aussi. »

« On peut pas se servir de la capiscine — capsiss — » Maggie s'interrompit.

« Des artifices à la *capsaïcine* gazeuse, » finit Claire. « Il semblerait que non. Vous avez un plan, alors ? »

Jake ricana de façon très grossière. « Milady, vous êtes l'innocente avec le pistolet. Personne ne va discuter avec vous. Vous butez le garde d'une seule balle et après ça l'endroit est à vous. »

Claire, horrifiée, sentit sa mâchoire se décrocher et elle s'efforça de raffermir cette dernière ainsi que sa détermination. « Nous ne le ferons pas. Il n'y aura pas de meurtre. »

« Comment appelez-vous la situation de Lightning Luke alors ? » voulut savoir Tigg.

« Comme je l'ai déjà expliqué, cela a été un accident ; et puisque M. Jake est un expert en la matière, je propose qu'il se charge du garde. »

Jake posa la main sur l'épaule de Claire. « C'était quelle sorte de fusil ? »

« Un de ceux à plusieurs chambres qui tournent et qui tournent. »

Snouts émit un son qui fit comprendre son incrédulité. « Ceux qui ont été inventés par ce mauvais bougre, Gatling ? Si c'est vrai, que personne ne passe par là. Faudra prendre la porte du côté du fleuve. »

« Et qui va l'empêcher de nous tirer dessus, quelle que soit la porte qu'on emprunte ? » Claire n'avait pas demandé d'être immiscée dans cette histoire de fous, mais rien n'allait l'arrêter si près du but, surtout si l'intérieur de la maison de Luke était aussi confortable que l'extérieur le laissait penser. Et s'il y avait de la nourriture ? Et une baignoire pour se laver ?

Et à quelle bassesse était-elle arrivée si la simple pensée de ces commodités la faisait envisager d'accepter des violences ?

« Ça suffit. Nous allons annoncer notre présence comme il convient aux personnes civilisées, leur montrer le corps de Luke, et la maison sera à nous. N'est-ce pas ce que vous avez dit, M. McTavish? »

Snouts hésita. « Ça pourrait être un peu plus risqué que ça, milady.»

« Pourquoi ? »

« Qu'est-ce qui va les empêcher de nous tirer dessus, tout simplement parce qu'on a tué leur chef ? »

Il fallut bien dix secondes à Claire pour contenir sa colère et sa fatigue et pour freiner son envie de le gifler. « Pourquoi n'avez-vous pas parlé de cette éventualité avant ? »

« Peut-être parce que vous ne seriez pas venue ? »

Claire lui tourna le dos et se mit à longer à grands pas le mur en direction du fleuve. Derrière elle, une conversation aux tons étouffés éclata, puis ce fut de nouveau le silence. Quand elle se risqua à jeter un coup d'œil en arrière, elle ne put voir rien d'autre que deux petites ombres et une plus grosse se découpant contre l'obscurité plus profonde du mur en pierre. Elle n'aurait pas su dire pourquoi la présence de deux enfants de dix ans en guenilles et d'un garçon de douze ans la rassurait à ce point. Pourtant, si une personne devait affronter un lieu défendu par des armes avec un plan pathétique, il était réconfortant de savoir qu'elle n'était pas seule. Et juste pour être prudente, elle abaissa le levier du fusil Lightning. Le petit bruit et la vibration correspondante dans ses mains la réconfortèrent aussi, d'une autre façon.

Il était bon de sentir qu'elle commandait quelque chose. La puissance électrike ce n'était pas rien. Elle n'avait pas l'intention de faire du mal à qui que ce soit mais elle ne voulait plus être traitée comme une vague comparse.

Elle jeta un coup d'œil derrière l'angle du mur et s'aperçut que le rapport de mission des Mopsies rendait bien compte de la réalité. Sur une véranda au-dessus de la porte, se trouvait l'un des exemplaires des mitrailleuses de M. Gatlin à l'air menaçant, monté sur un engin pivotant, et l'individu qui se trouvait derrière ne s'attendait visiblement pas à être attaqué.

« Hé ho ! Vous là-bas ! » appela-t-elle.

Dans la lumière provenant de la fenêtre derrière lui, elle le vit bondir après avoir enlevé les pieds du garde-corps.

Se mettant en position de combat, il aboya, « Vous faites quoi ici ? »

« Je suis ici pour vous demander de vous rendre sans conditions. » Le fusil Lightning avait commencé à faire du bruit comme s'il voulait se mettre à travailler.

« Qui c'est que vous êtes ? »

« C'est la Dame aux Artifices, qui a abattu Lightning Luke avec sa propre arme, » dit la voix de Jake derrière elle. « Mets tes mains bien en vue et descend. »

Le garde, pour toute réponse, prit quelque chose au dos de son arme, et tous les canons leur firent face. « Je vais vous montrer bien plus que mes mains, pauvres misérables. »

L'instinct de conservation de Claire n'avait pas eu l'occasion de se développer dans sa vie précédente, mais elle découvrit qu'il venait de rattraper son retard. Elle brandit le fusil Lightning pour répondre aux sombres canons de l'arme qui les visait, et elle appuya sur la détente.

L'éclair grésilla et pulvérisa le garde-corps soixante centimètres à gauche du garde. Pendant qu'il criait, elle corrigea le tir et fit feu de nouveau. Cette fois l'éclair avala littéralement l'arme de Gatling dans sa lumière bleue mortelle, tandis que les petites étincelles d'énergie frétillantes s'en emparaient et arrêtaient son action. Les cartouches dans le magasin commencèrent à exploser comme des feux d'artifices de Canton. Claire et Jake prirent les Mopsies et se jetèrent sous la véranda, pendant que, criant et hurlant de douleur, le garde bondissait dans les eaux sombres de la Tamise qui coulait à ses pieds.

« Hé bien, milady ! » Tigg et Snouts passèrent en courant près d'elle — ah, il consentait à les rejoindre, maintenant que le champ était libre, hein ? — et foncèrent à travers la porte principale. Le vacarme dehors avait alerté tout le monde mais quelque chose dans tout ça manquait, et une balle transperça le cadre de la porte à quelques centimètres de sa tête.

« Écartez-vous ! » cria-t-elle, et quand sa troupe se pressa contre le mur, elle envoya un éclair dans la grande pièce à droite, en visant la cheminée. Dans la lueur bleue, l'éclairage s'effaça de lui-même et le temps s'arrêta, comme si un scintillement au théâtre s'était figé sur une seule image. Figures horrifiées. Corps jetés à terre. Un tapis. Un canapé.

« Je vous demande de vous rendre sur-le-champ sans conditions, » annonça-t-elle au milieu de l'odeur de pierre brûlée et des cris et plaintes des gens cueillis sur le vif. « Je suis la Dame aux artifices, et je revendique mes droits sur cette maison. Lightning Luke est mort et j'ai son corps à l'extérieur. Si vous n'êtes pas en mesure d'accepter mes conditions, je vous autorise à partir. Mais si vous restez, vous devez m'être fidèle. Faites votre choix maintenant. »

Personne ne bougea.

Dans le silence, une voix étouffée demanda, « Vous avez tué Lightning Luke ? Pour de vrai ? »

« C'est vrai. » Snouts fit un pas en avant, comme s'il allait inspecter un bataillon. « Je l'ai vu de mes yeux. La Dame est un chef juste, et je suis son premier lieutenant. »

« Tu n'es le premier de rien, Snouts McTavish. » Un garçon qui ne pouvait pas être plus vieux que Jake, se releva du plancher. « Tu es un voleur et un chiffonnier, et moi j'appartiens à aucune bande où tu es. »

« Vous avez le droit. » Avec le canon évasé du fusil, Claire montra la porte. « Vous pouvez partir, nous ne vous ferons rien. »

Snouts était irrité qu'elle n'ait pas défendu son honneur, mais pour une fois, par solidarité, il ne dit pas un mot. Le garçon regarda autour de lui ses compagnons prostrés. « Est-ce que vous allez rester longtemps couchés comme ça et les laisser prendre le dessus ? N'importe qui prend le trésor de Luke, mais c'est nous qu'on a travaillé pour ça, pas eux. »

Trésor ?

Ayant mis de côté les affronts à sa masculinité, Snouts échangea un regard avec elle. Sans un mot les Mopsies disparurent. Sentinelles jusqu'à la moelle, elles n'avaient pas besoin qu'on les commande pour faire leur devoir.

« Le trésor appartient à ceux qui l'ont mérité, » dit-elle à voix haute. « Et croyez-moi, si vous vous mettez sous — mon commandement ? ma juridiction ? — mon toit, vous le mériterez. Il n'y aura plus de pillages, de coups de poing ni de vols à la tire. Nous gagnerons notre pain grâce à notre intelligence, comme il convient aux dames et aux gentlemen de cette ère moderne. »

Des murmures s'élevèrent des quatre coins de la pièce, et les gens commencèrent à se lever, tout en gardant un œil sur le fusil Lightning. Une poignée d'entre eux — fichtre, le plus vieux ne pouvait pas être plus âgé qu'elle — se faufila derrière elle et prit la porte.

« Dommage qu'une vie du bon côté de la loi ne vous attire pas plus, » remarqua-t-elle, sans viser personne en particulier.

« Ça rapporte pas assez, d'après la plupart des gens, » répondit Jake. Ensuite il força la voix, pour qu'on l'entende jusqu'au fond de la pièce. « Dommage qu'on leur ait pas appris à fabriquer vos artifices, sans parler de vos stratagèmes avec les cartes, n'est-ce pas ? Il y en aura plus pour nous, moi je dis. »

LA DAME AUX ARTIFICES

Le défilement vers la sortie s'arrêta.

« Artifices ? Stratagèmes ? » demanda un garçon avec une tignasse bouclée, momifiée sur le menton en guise de gros cache-nez de laine. « Comme les Méritos ? »

« Cette Dame est un chef des Méritos, » dit Jake sans ciller. « Nous avons déjà battu la bande de Billy Crumwell, avant de nous occuper de Lightning Luke. Si j'étais vous, je me mettrais du côté des vainqueurs. »

« Alors c'est pour de vrai, » murmura le jeune garçon. « Elle l'a vraiment tué. » Son regard suivit le canon du fusil de Luke dans les mains de Claire. « Toute seule. »

« Son corps est dehors, si tu la crois pas, » lui dit Jake. « Mais touche le landau de la Dame et ça te coûtera la vie. »

« Je souhaite que nous fassions à votre ancien chef un enterrement honorable. » Claire prit la situation en main avant que la fable ne s'enjolive par trop. « Y a-t-il parmi vous quelqu'un qui veuille dire quelques mots ? » Personne ne broncha. Apparemment il n'était pas tenu en grande considération par ses acolytes. Comment fallait-il procéder pour enterrer l'homme que l'on venait de tuer accidentellement ? « Est-ce que nous possédons une pelle ? »

Snouts lui donna un coup de coude. « Laissez-moi faire, milady. Une fois que j'aurai fini, personne ne saura jamais ce qui lui est arrivé. Vous feriez mieux de vous occuper du trésor en vitesse, avant que quelqu'un d'autre se fasse venir des idées. »

« Vous avez raison, M. McTavish. » Elle pivota sur ses talons et, accompagnée de Jake et Tigg, elle partit à la recherche des Mopsies. Peut-être qu'en allant à la recherche du trésor elle trouverait aussi de quoi manger.

25

Avec Tigg sur le siège du passager, chargé du fusil Lightning, Claire reconduisit le landau vers un Londres endormi pour aller chercher Willie le Pleurnichard — Weeping Willie — et Rosie la poule dans l'entrepôt, où le premier avait veillé avec beaucoup d'application sur la deuxième. Sur le chemin du retour, Tigg enchanta le petit garçon avec le récit de leurs exploits. Willie tourna vers elle un regard d'effroi mêlé d'admiration.

Le cœur de Claire était lourd de remords. « Je n'ai pas fait exprès de tuer M. Jackson, Willie, » dit-elle aussi gentiment qu'elle put tout en ne quittant pas la rue des yeux, pour conduire. Zut, Tigg et ses histoires inadaptées à des oreilles innocentes. « J'ai bien peur que le fusil

Lightning ait tiré un coup par accident ; et cela ne se reproduira pas, je vous le promets. »

« Ne faites pas de promesses que vous ne pouvez pas tenir, milady, » avertit Tigg. « La vie est dure chez nous. »

« Personne ne le sait mieux que moi, » dit-elle en toute franchise. « C'est d'ailleurs la raison pour laquelle je ferai tout ce qui est en mon pouvoir pour l'améliorer, dans notre intérêt à tous. »

Les modalités de réalisation de ce vœu étaient encore un peu floues, mais sa tournure d'esprit faisait qu'elle se délectait d'un tel défi. Pour l'heure, cependant, la seule chose qui l'obsédait, c'était de trouver un endroit pour dormir. Elle demanda à Snouts de faire garder le landau pour empêcher qu'il soit de nouveau volé. Puis, Willie, les Mopsies, Rosie et elle se retirèrent dans l'une des chambres du dernier étage, où il y avait des planchers de bois nu, beaucoup de poussière — et un vrai verrou sur la porte.

« Demain chacun d'entre nous nettoiera cet endroit de fond en comble, » promit-elle : « Et puis, je suis tentée de retourner à Wilton Crescent pour aller voler mon propre lit. »

Ceux qui restaient de la bande de Lightning Luke s'aperçurent vite que c'était une femme de parole ; et pendant leur nettoyage — au milieu des menaces de mutineries — ils purent gouter aux fruits d'une bonne matinée de nettoyage. Claire avait mis en marche le balai aspirant dans la pièce du haut et quand elle gravit l'escalier-échelle pour le ramener à l'étage suivant, elle trouva les Mopsies penchées sur lui, en grand conciliabule.

« Que se passe-t-il, Mesdemoiselles ? »

Maggie se redressa. « Votre artifice, Milady ; je pense qu'il a reçu un coup sur la caboche. »

Claire se pencha pour l'examiner. En avançant, il heurta plusieurs fois le mur, à la façon d'un poisson rouge qui ne réalise pas qu'il ne peut pas traverser la matière solide pour s'évader de sa prison. C'était bizarre. « Il est censé changer de direction quand il rencontre un obstacle, » dit-elle aux filles. « Je ne l'ai jamais vu faire ça auparavant. »

« Comment il sait qu'il doit changer de direction ? » demanda Lizzie.

« Avec la répulsion statike — un peu comme ce qui se passe quand on met les aimants l'un contre l'autre dans le mauvais sens. » En voyant le peu de réaction de Lizzie, Claire comprit qu'elle allait devoir ajouter quelques rudiments de physique à l'instruction de la jeune fille. « Un objet solide se mettra en travers du champ statike et fera en sorte que l'artifice se détourne. »

« P'têtre que ce mur est pas solide. » Lizzie et Maggie se regardèrent, les yeux écarquillés. Puis, comme si elles ne faisaient qu'une, elles attaquèrent.

Claire avait à peine eu le temps de lever une main pour essayer de les arrêter, quand un panneau suspendu à des charnières bascula en arrière et les filles tombèrent la tête la première dans l'ouverture.

« Milady ! Il nous faut de la lumière, » dit une voix étouffée. Quand Claire revint avec une lampe et Snouts, au cas où l'aide d'un homme aurait été utile, elle trouva les filles assises de part et d'autre d'un coffre renforcé. « C'est pour ça qu'il avait un cadenas sur la porte, » lui dit Maggie les yeux brillants. « Comment on va l'ouvrir ce coffre-fort boueux ? »

Ils le traînèrent ensemble à travers l'ouverture dans la grande pièce. « C'est de la chance que j'aie contrôlé le gilet de Lightning Luke avant de l'enterrer. » Snouts sortit de sa poche une petite clé en fer, ouvrit la serrure, et souleva le couvercle. Maggie y plongea les mains et en ressortit des pennies, des couronnes et des shillings qu'elle fit retomber entre ses doigts, bouche bée.

« Du beau travail, mesdemoiselles. » Claire ne voulait pas penser au lieu final de sépulture de Luke. Elle ne voulait pas du tout penser à Luke et à sa disparition. Pas après les rêves horribles qui l'avaient réveillée au petit matin et lui avaient dérobé le sommeil qui lui restait pour la nuit. « Vous méritez chaque demi-penny qui s'y trouve. Gardez tout ce que vous pouvez prendre dans vos deux mains. »

« C'est le balai aspirant qui a tout fait. » Lizzie regardait l'engin, occupé maintenant à nettoyer le plancher crasseux de la pièce, avec un respect accru. « Peut-être qu'il va en trouver encore dans la poussière de l'autre plancher. Vaut mieux qu'on le suive. »

Claire partagea la moitié des gains mal acquis de Luke entre tous les membres de la maison — ce qui se révéla être une excellente leçon d'arithmétique pour Jake et Tigg, qui déployèrent tous leurs efforts. « J'amènerai l'autre moitié à la banque, » dit-elle en privé à Snouts, « et j'investirai dans les chemins de fer et dans la Société royale des ingénieurs jusqu'à ce que nous décidions quoi en faire. Je pense personnellement que nous devrions le donner à la Société pour la protection des veuves et des orphelins de guerre. Je suis tout à fait sûre que M. Jackson était responsable de la pauvreté d'au moins certains d'entre eux. »

Il lui lança une œillade dubitative. « Vous aurez du mal à convaincre ces gars que les veuves et les orphelins les méritent plus qu'eux. Ils penseront tout simplement que vous l'avez volé cet argent. »

Elle releva le menton. « Je ne tolèrerai pas que l'on discute de mes motifs. Ils ont vu que je jouais franc jeu. Il faudra juste qu'ils me fassent confiance. Après tout, rien de cela ne nous appartient vraiment, Snouts. Nous l'avons *volé*, n'ayons pas peur des mots. »

« Butin de guerre, milady, » lui dit-il crûment. « N'allons pas chercher la petite bête. Au moins, ce toit ne fuit pas, et il y a suffisamment d'artillerie dans la cave pour tenir à distance quiconque est en désaccord pendant au moins un mois, si on doit en arriver à ça. »

« On n'y arrivera pas. Nous n'allons pas entrer en concurrence avec les criminels et les voleurs de Londres. Nous nous fixerons un objectif sur un tout autre plan. »

Avec le poids réconfortant de d'argent dans la poche de sa jupe, elle loua les services d'un charretier muni d'un chariot à vapeur et retourna à Wilton Crescent. La maison était telle qu'elle l'avait laissée, à part le fait que le mot sur l'évier manquait, comme tout le reste, à l'exception du sommier dans la chambre de Mme Morven. Ah ! cette digne dame avait dû déménager dans la propriété de Lord James. Au moins elle devrait être en sécurité là-bas. Claire donna les instructions nécessaires au charretier et à son aide costaud afin qu'ils chargent tout ce qui restait dans la maison, y compris le sommier, le linge et le piano.

Qu'était-il advenu de Gorse ? Il avait dû aller chez les Wellesley. Claire ajouta *Envoyer des pneus à Gorse et à Mme Morven* à la liste qu'elle avait dans la tête, qui comprenait *Voir M. Arundel pour lui demander à qui appartient le cottage* et *Manger quelque chose*. Le cottage de Vauxhall Gardens n'était peut-être pas grand-chose, mais il possédait un système d'envoi de pneumatiques. Avec ça elle pourrait communiquer et garder un fil ténu la reliant à son ancien monde.

Claire avait été formée pratiquement dès son enfance à tenir une maison. Ou pour être plus précis, sa mère lui avait servi d'exemple et Claire s'était réfugiée dans les livres et les expériences. Maintenant, elle regrettait de ne pas avoir prêté davantage d'attention à la tenue d'un ménage. Bien sûr, l'art de dessiner le menu pour un dîner de dix-huit personnes n'avait rien à voir avec l'organisation des courses à faire au marché, visant à faire arriver la nourriture sur la table pour le même nombre d'invités. Elle doutait que Lady St. Ives soit jamais allée au marché de sa vie, encore moins en compagnie d'une bande de pickpockets et d'enfants des rues qui ne voyaient aucun mal à chiper une orange, à condition de ne pas se faire prendre. Selon eux, le péché résidait dans le fait d'être pris.

Mais au moins, écrire la liste des choses à acheter chaque jour faisait s'exercer les Mopsies à étudier les lettres, et elles avaient une tête si bien faite qu'elles se faisaient toujours rendre la monnaie au penny près pendant ces courses.

Le garçon qui avait été si méprisant à l'égard de Snouts la nuit où ils avaient revendiqué la maison — qui s'était présenté à Claire comme s'appelant Lewis mais que tous les autres appelaient *Loser*, le perdant — se révéla être un allié précieux une fois qu'il eut réalisé que la Dame pouvait être utile pour ses affaires et qu'elle ne tolérait pas les bêtises. Ceux qui ne voulaient pas lui jurer fidélité furent invités à partir, et à mesure que sa réputation se répandait, le nombre de volontaires frappant à la porte du côté du fleuve devint flatteur. Lewis préleva une vieille femme de la rue qu'il fit passer pour sa grand-mère. Elle se déplaçait peut-être à la vitesse d'une tortue, mais elle savait faire la cuisine et tant que le garde-manger était approvisionné, les repas apparaissaient à un rythme plus ou moins régulier. Au début ils n'avaient pas de table pour les poser, mais un soir quatre des garçons arrivèrent en soufflant le long du pont au-dessus de la maison, en portant une table, dont ils affirmèrent qu'elle était tombée d'un bateau. Claire ferma les yeux et les invita à entrer, et la table devint le quartier général des joueurs de poker, quand elle était libre.

Un estomac plein et une activité productive firent beaucoup pour s'attacher la fidélité des derniers indécis qui doutaient encore de ses capacités.

Cela contribua aussi à desserrer les tensions qui s'étaient nouées entre les épaules de Claire. Elle assurait. Avec rien d'autre que son cerveau et sans perspectives, à part celles qu'elle pouvait créer elle-même, elle était concrètement en train de mettre de l'ordre là où régnait le chaos. Le fait qu'un meurtre par accident ait ouvert ces possibilités n'était pas anodin pour elle. Il ne se passait pas une heure sans qu'elle ne regarde le fleuve ou la rue, convaincue qu'un groupe de criminels revanchards — ou un autobus à vapeur plein de policiers de M. Peel — étaient en route pour réclamer justice. Mais en ce moment précis, alors qu'elle conduisait le landau vers Vauxhall Gardens derrière la charrette qui avançait péniblement, un œil sur la route et l'autre sur l'équilibre du piano, elle se dit que les circonstances pouvaient certainement être bien, bien pires.

Elle pouvait être en prison. Elle pouvait être étendue morte dans la rue.

Elle pouvait être en train de tirer l'aiguille dans le salon triste et sans soleil de ses grands-tantes Beaton.

26

La semaine d'après, sa maisonnée hétérogène prit son propre rythme de croisière. Les matinées étaient consacrées au marché, ponctuées de leçons d'économie et de mathématiques. Les après-midis étaient dédiés à l'approfondissement des capacités des joueurs de cartes et aux rudiments de chimie et de physique. Là, la mémoire photographique de Jake s'avéra irremplaçable — et c'était lui qui, le mercredi après leur arrivée, lui rendit finalement son carnet d'expériences, ses crayons et son cher livre de Linné.

« J'imagine que vous n'allez pas nous quitter maintenant, milady, » dit-il de façon brusque tout en les lui tendant.

« Non. » Elle serra les livres contre sa poitrine, résistant à l'envie de contrôler qu'aucune page ne manquait. « Je suis heureuse de voir que votre confiance en moi s'améliore. »

Il hocha la tête, et ses yeux couleur chocolat rencontrèrent les siens. « Vous avez intérêt à tenir vos promesses, sinon je vais voir les policiers et je leur dis que c'est vous qui avez tué Lightning Luke. »

Il était clair qu'elle n'avait pas besoin de regarder aussi loin que la route ou le fleuve pour que la justice la rattrape. Elle abritait même un de ses bras ici.

Puisque la cuisine était maintenant le domaine exclusif de Grand-mère Protheroe, avec quelques incursions autorisées de Claire et des Mopsies quand elles apportaient de la nourriture, le salon de devant devint un laboratoire. Les garçons ne s'étalaient plus sur les canapés et le sol, buvant du tord-boyaux, en fumant et en se tenant à l'écart du fusil de Luke. Maintenant, les tubes en verre et les fioles firent leur apparition, avec des cornues, des becs Bunsen et des piles pour fabriquer du courant électrike.

Claire ne savait absolument pas qui avait fabriqué le fusil de Lightning Luke, mais il ou elle avait sûrement eu un coup de génie. Son premier travail était de découvrir la source de sa puissance. Si elle pouvait la reproduire, ils pourraient fabriquer d'autres artifices et les vendre. Elle ne tenterait pas bêtement de reproduire le fusil lui-même — elle n'était ni métallurgiste ni complètement idiote — mais il y avait d'autres mécanismes qu'elle pourrait mettre au point.

LA DAME AUX ARTIFICES

D'ici là, ses esquisses et ses équations devaient être transformées en termes que ses compatriotes en haillons puissent comprendre. Certains abandonnèrent et rejoignirent Snouts à la table de jeu. Mais d'autres, comme Jake, persévérèrent même après des échecs répétés, têtus comme des ânes et ne voulant pas que des nombres capricieux et des mesures tatillonnes prennent le dessus. Jake avait l'étoffe d'un grand chimiste. Quel dommage qu'elle doive combattre sa méfiance à tous moments. Bon...si elle n'arrivait pas à s'en faire un ami, alors au moins elle aurait formé un assistant compétent.

Le soir, les joueurs de poker s'adonnaient à leurs activités de prédilection. Ils apprenaient des variations du vénérable poker des cowboys, ou les inventaient, et les enseignaient aux autres quand ils revenaient. Une des variations de Snouts notamment, l'*Old Blind Jack* devint soudain la coqueluche des salles de jeux les plus courues de Londres, au point que ces diagrammes stratégiques commencèrent à paraître sur la dernière page de l'*Evening Standard* où on ne voyait auparavant que les illustrations de figures classiques du jeu d'échec.

Snouts se contenta de rire et d'acheter son premier gilet en velours, coupé sur mesure.

Dès qu'elles le virent, les Mopsies réclamèrent immédiatement leurs propres atours, et Snouts, magnanime, leur tendit vingt livres, comme si de rien n'était. Claire avait vu le livre des comptes qu'ils avaient concocté ensemble avec les pages blanches de ses livres de Wilton Crescent, et par rapport à l'argent qui passait entre les mains habiles du garçon, vingt livres n'étaient presque rien.

Le samedi suivant, Claire emmena les Mopsies, Tigg et Willie chez Fortnum & Mason pour leur acheter de nouvelles tenues. Elle ne permettrait plus jamais aux gens comme le pharmacien de Haymarket de regarder ses protégés de cette manière. Et une fois que les vendeuses eurent jeté les vêtements usagés à la poubelle, les lèvres pincées de dégoût, et qu'elles les eurent habillés entièrement avec du linge propre, du coton et de la dentelle pour les filles et de la laine bleu marine pratique pour les garçons, Claire, rayonnante, les regarda avec fierté.

« On dirait que vous sortez tout droit du palais de Buckingham. » Elle caressa le col marin de Willie pour qu'il reste bien plat entre ses épaules. « Même les petits-enfants de Sa Majesté n'ont pas l'air aussi beaux que vous. »

« La princesse Alice a choisi cette même robe pour sa fille cadette, » confia la vendeuse, en hochant la tête en direction de Lizzie. « La seule différence, c'est qu'elle a pris les rubans pour les cheveux bleus, et pas rouge corail.

Lizzie hésitait visiblement.

« Prenez aussi le bleu, si vous voulez, » lui dit Claire. « Cela plairait à Snou — à M. McTavish, je veux dire. »

En rentrant au chalet près du fleuve, Claire découvrit que Lizzie était en possession de la bourse de la vendeuse ; elle la lui avait dérobée sans le moindre scrupule pendant que la dame l'habillait.

Un frisson de déception la parcourut en même temps qu'un mouvement de colère, et Claire lutta pour que sa voix restât ferme. « Ceci est inacceptable. » Le ton de sa voix était mortellement tranquille — si tranquille d'ailleurs que Lizzie fit l'erreur de croire que Claire n'était pas vraiment fâchée.

« Ça a été facile, » dit-elle, en balançant la pauvre petite bourse d'avant en arrière. « Elle s'est penchée sur moi pour m'attacher l'écharpe et...paf, je l'ai eue devant le nez ! »

« Vous allez la rendre immédiatement. »

Lizzie lui lança un regard incrédule et dégoûté. « Oh que non ! »

Avant que la petite fille ait pu faire autre chose que fourrer la bourse dans sa propre poche, Claire l'avait saisie à bras-le-corps et avait appliqué de nouveau les lois de la physique avec une vigueur sans appel. Dans le tapage qui s'en suivit, les chimistes se dépêchèrent de protéger leurs flacons de liquides et les joueurs de cartes se figèrent, les cartes pressées contre leurs poitrines.

Malheureusement pour Lizzie, ses nouveaux sous-vêtements élégants ne pouvaient pas résister à la colère de Claire, et quand la petite fille se mit à pleurnicher, Claire dit d'un ton qui n'avait rien perdu du mordant précédent « Nous irons immédiatement chez Fortnum, et vous allez rendre cette bourse. »

On entendit un bredouillement.

« Je vous demande pardon, Mademoiselle Elizabeth ? »

« Et qu'est-ce que j'devrais lui dire ? »

« La vérité, bien sûr. »

« Elle va sûrement appeler les flics et ce sera vot'faute si j'atterris en taule. »

« Tu pourrais dire que tu l'as trouvée par terre, » tenta de dire Maggie pour rendre service.

« Et ajouter un mensonge au vol ? » Maggie trembla au ton implacable de la voix de Claire. Claire n'aurait jamais cru que, de toutes les choses que sa mère lui avait apprises, le fait de mettre une force énorme dans sa voix sans hausser le ton, aurait été aussi utile.

« Non, milady. » Les lèvres de Maggie se mirent à trembler, à la fois de honte et de crainte pour la liberté de sa sœur.

« Vous êtes de jeunes demoiselles à présent, » dit Claire, se permettant une touche de gentillesse dans la voix. « Vous devez trouver votre voie moyennant l'exercice de votre intelligence, de votre grâce et du respect pour les autres. Vous faites une chose juste, pas une chose facile. Je vous propose d'utiliser le temps qu'il faut pour retourner en ville, à composer un discours approprié, à la fois humble et sincère, à présenter à la propriétaire de la bourse. »

Quand elles eurent localisé la jeune femme en question, elles comprirent qu'elle venait juste de découvrir l'absence de sa bourse. « Je vous demande pardon, Mademoiselle, mais je suis toute retournée. J'ai — enfin, il semblerait que j'aie perdu — et je venais juste de recevoir ma paye, en plus. » Ses grands yeux marron se remplirent de larmes avant qu'elle puisse les retenir. « Puis-je vous aider à quelque chose d'autre? »

« Ma jeune protégée a une chose à vous dire. » Une main ferme et inexorable posée entre les omoplates de Lizzie, Claire la poussa en avant.

La petite fille tendit la petite bourse en cuir et la vendeuse eut un hoquet en s'en emparant. « Oh, merci ! Quelle enfant merveilleuse ! Je suis tellement soulagée ! » Elle prit Lizzie dans ses bras et l'étreignit si fort que les joues de Lizzie devinrent toutes roses.

« Mademoiselle, je — » elle essaya de parler, mais la vendeuse lui couvrait le visage de baisers. Avec un dernier « Merci ! » elle fonça vers une porte du fond, laissant Lizzie avec son beau discours tremblotant sur la pointe de la langue, non dit. Elle tourna un visage suppliant vers Claire. « J'ai essayé, milady, mais elle ne m'a pas laissé le dire. »

« Vous avez reçu des compliments immérités et un pardon que vous méritez. » Claire toucha le bandeau qu'elle avait dans les cheveux. « Il fallait du courage pour faire cette tentative, et je vous en félicite. »

Lizzie et Maggie partagèrent le siège avant pendant le retour à la maison, en se tenant les mains et le cœur beaucoup plus léger qu'à l'aller. Claire n'était pas compétente en matière d'éducation d'enfants, mais elle était bon juge des tempéraments. La tension de ce déplacement en ville ferait beaucoup pour empêcher Lizzie dorénavant d'exercer ses petits doigts baladeurs.

Au moins, elle s'était rendu compte de l'effet que pouvait avoir un vol sur quelqu'un qui était tout juste plus aisé qu'elle. La perte de ses gages de la semaine aurait profondément affecté cette jeune femme, et Lizzie était une forte tête mais pas une sans-cœur.

Pauvre de moi ! Les mathématiques et la chimie sont beaucoup plus faciles à manier. Comment ai-je pu devenir une sorte de mère déglinguée, alors que je n'ai fini le lycée qu'il y a quelques semaines ?

Mais il ne servait à rien de s'interroger sur l'étrangeté de sa situation. Elle avait tué un homme, même si c'était sans le vouloir. Si elle pouvait transformer ces enfants en guenilles en jeunes hommes et femmes utiles à la société, peut-être cela pouvait-il en quelque sorte rembourser sa dette. Elle pouvait aussi bien jouer le rôle de la mère. Après tout, avec chaque journée passée du mauvais côté du fleuve, la probabilité qu'un homme, n'importe lequel, veuille l'épouser s'éloignait encore plus. Elle n'avait aucune perspective et maintenant elle avait ce qu'on ne pouvait qu'appeler poliment un « passé ». Si elle arrivait, avec l'aide de Dieu, à aider ces enfants, peut-être aurait-elle fait autant de bien que n'importe quelle vraie mère de Londres.

27

Si elle retenait son chapeau, Claire pouvait pencher la tête vraiment en arrière et voir les fenêtres au sommet de l'immense Crystal Palace. À côté d'elle Lizzie fit de même, perdit l'équilibre et tomba en arrière dans les bras de Tigg.

« Reste debout, » dit-il en la remettant sur ses pieds. « Tu voudrais pas précipiter dans une de ces machines. »

« Il est grand comment ? » Claire n'avait jamais vu la petite fille aussi stupéfaite. « Est-ce qu'il touche les nuages ? »

« Il pourrait, s'il pleut. » Claire consulta le manuel. « Ici il est écrit que le sommet de ce toit arrondi mesure trente-trois mètres. Donc si vous preniez sept maisons comme la nôtre et que vous les empiliez, vous pourriez les escalader et toucher la vitre. »

« J'irais pas escalader à cette hauteur pour tout l'or du monde. »

« Je suis ravie de l'apprendre. Voulez-vous aller jeter un coup d'œil sur les machines à vapeur ? »

Ils se frayèrent un chemin au milieu de la foule, mais il leur fallut un certain temps pour rejoindre le salon d'exposition. La moitié des spectateurs regardait l'exposition alors que l'autre moitié contemplait de haut en bas le long vitrage, en tenant leurs chapeaux comme l'avait fait Claire. Pendant que Willie et Tigg examinaient un petit engin servant à tirer des wagons chargés de charbon ou de fer-blanc, Claire se tenait près d'une énorme locomotive à vapeur et la fixait avec autant de stupéfaction que celle qu'avait éprouvée Lizzie à regarder le ciel vitré.

Comment était-il possible qu'une telle puissance et une telle complexité pussent être si belles ? Et de quelle façon allait-elle pouvoir obtenir son admission à l'université, pour être en mesure elle aussi un jour de créer quelque chose d'aussi grandiose et inspirant ?

« Je vois que nos intérêts convergent encore une fois, » dit une voix masculine derrière elle.

S'il n'avait pas prononcé les trois derniers mots, Claire aurait réduit en cendres cet homme pour son impertinence et serait allée chercher les enfants. En l'état, elle cligna des yeux de sous le bord de son chapeau plutôt gênant mais très seyant.

Oh, surprise... ! « M. Malvern ! »

« Je dois avouer que je suis ravi de vous rencontrer. Avez-vous eu mon billet ? »

Inquiète. « Oui. Qu'est-ce qu'il signifiait d'ailleurs, Monsieur ? »

Il hésita, s'attendant probablement à ce qu'elle se pâme comme la jeune lycéenne que son associé croyait qu'elle était. « Simplement que je m'inquiétais pour vous. Les journaux ne faisaient que parler des émeutes à Belgravia. Quand je ne suis pas arrivé à avoir de vos nouvelles, je suis allé jusqu'à votre maison et j'ai laissé un message au balayeur. »

Ah ! Le mystère était résolu.

Bonté divine...il avait fait tout le chemin de son laboratoire à Belgravia, juste pour s'assurer qu'elle fût saine et sauve ? Comme c'était gentil. Bizarre aussi. « Vous ne devez pas avoir d'inquiétude. Je vais tout à fait bien. »

« C'est ce que je vois. »

Tigg fit mine de se mettre à côté d'elle et Claire mourut d'envie de sourire devant ce geste protecteur.

Andrew Malvern se raidit sous son costume de coupe classique. « Dites donc, pas si près de cette dame, je vous prie. »

Claire posa une main sur le bras de Tigg avant qu'il ne fasse un geste de trop, qu'il donne un coup de poing par exemple. « Tout va bien. M. Tigg est avec moi, comme les trois enfants qui examinent cet engin derrière vous. »

« Avec vous ? » Le regard de M. Malvern allait des Mopsies et de Willie habillés comme s'ils étaient les petits-enfants de la reine, à Tigg qui n'avait pas voulu s'habiller pour l'occasion et qui portait donc un pantalon déchiré et une veste bonne pour la poubelle. « C'est cela que vous faites ? Vous gardez les enfants d'un ami peut-être ? »

« Je suis leur gouvernante, Monsieur. » Elle n'avait aucun problème avec ses gants mais elle se mit quand même à tirer dessus énergiquement. « M. Tigg a de l'expérience avec les voitures et les chevaux. Je l'instruis pour conduire le landau, car il aspire à devenir chauffeur. Donc il est venu avec nous pour voir les machines. »

Tigg, qui ne s'était même pas fendu d'un sourire pendant l'énoncé de ces mensonges éhontés, releva le menton comme pour dire *Vous avez vu ? J'ai autant le droit que vous d'être ici.* Le prix de l'entrée avait été fixé bon marché exprès, pour que l'exposition soit fréquentée par des gens de toutes les couches sociales : des lavandières aux lords, des Méritos aux Aristos.

« Ah. » M. Malvern lui offrit son bras. « Alors puis-je me rendre utile ? Vous vous souvenez peut-être que les locomotives sont mon dada. »

Claire hésita pendant quelques secondes. Le souvenir du dédain lu dans les yeux de James Selwyn brûlait encore, mais elle le chassa. Lord James n'était pas là. C'était Andrew Malvern qui était devant elle, et il n'avait jamais eu à son égard que de la gentillesse — et même de la sollicitude.

En plus, il pouvait leur parler, aux enfants et à elle, des machines en connaissance de cause. Peut-être même savait-il des choses sur les piles électrikes.

Elle glissa sa main au creux de son coude. « Merci, M. Malvern, ce serait vraiment aimable de votre part.

Elizabeth, Margaret, Willie… venez par ici. Je vous présente M. Malvern, de la Société royale des ingénieurs. Il va tout nous dire sur ces magnifiques locomotives. »

Comme les filles avaient reçu l'ordre strict de ne pas faire les poches, elles s'ennuyèrent vite après que le petit groupe ait marché le long de l'engin. Ayant eu l'autorisation de se rendre à la patinoire, elles partirent en courant tandis que Tigg, Willie et Claire ne perdaient pas un mot de ce qui était dit.

« Vous souvenez-vous de l'expérience que je menais quand nous nous sommes rencontrés, Lady Cl — »

« Bien sûr, je m'en souviens très bien, » le coupa-t-elle, avant qu'il ne l'appelle par son nom. « A-t-elle réussi à la fin ? »

Il s'arrêta en soupirant, comme s'il était plongé dans la contemplation de la rangée de quatre énormes roues en fer avec leurs barres en laiton. « J'aimerais bien pouvoir dire que cela a marché. Mais je ne peux pas. Je suis dans une impasse. »

« Peut-être devriez-vous demander l'aide de quelqu'un ? »

« James n'est pas ingénieur. Il est le cerveau de l'affaire, comme ils disent dans l'Ouest sauvage, mais c'est moi qui mets ses idées en pratique. À l'heure actuelle cependant je n'avance pas d'un pouce. » Il lui jeta un regard en biais de sous le bord de son chapeau melon. « Quel dommage que vous ayez trouvé un emploi. Le poste est toujours vacant, vous savez. »

Comment était-ce possible ? « Mais vous ne manquez certainement pas de candidats. »

« Il y en a quelques-uns. Mais ayant trouvé la candidate parfaire, j'ai du mal à m'adapter à un second choix. »

Il ne la quittait pas des yeux et les joues de Claire commencèrent à chauffer d'une façon déconcertante. « Je — je — M. Tigg, que pensez-vous de la position des roues sous la chaudière, là ? »

Tigg sursauta et la regarda bouche bée. « Pardon, milady ? »

« Je veux dire, peut-être que nous pourrions continuer notre visite en allant explorer les piles électrikes. Est-ce que vous en savez quelque chose, M. Malvern ? »

Tout en poussant Willie pour l'arracher à sa contemplation béate du phare de l'engin, placé plus haut, elle essaya de recouvrer son sang-froid. Bonté divine...M. Malvern ne pouvait pas avoir parlé sérieusement. Avec tous les esprits brillants dont Londres regorgeait, il pouvait sûrement trouver une personne pour l'aider qui soit au moins aussi qualifiée qu'elle, sinon plus. Il ne laissait quand même pas le poste vacant, juste au cas où elle changerait d'avis ?

Et elle n'était quand même pas en train de caresser cette éventualité, n'est-ce-pas ?

Non, non, non. Il fallait vraiment qu'elle mette ces folles élucubrations de côté. Même si elle pouvait quitter le cottage près du fleuve chaque jour et aller en voiture jusqu'au laboratoire, elle ne pourrait jamais lui avouer où elle vivait. Ni avec qui. En fait elle s'était fourrée toute seule dans cette impasse avec son histoire inventée de toutes pièces : comment une gouvernante pouvait-elle laisser seuls, chaque jour et pendant des heures, des enfants dont elle avait la charge ?

Même si elle disait qu'elle avait quitté son poste, il y aurait sûrement des occasions où elle aurait besoin d'emmener avec elle l'un ou l'autre des enfants. Après tout elle devait penser à leur éducation, et quel meilleur endroit qu'un laboratoire grandeur nature, pour mener à bien des expériences ?

Non, ce n'était pas possible ; parce que, mis à part les mensonges qu'elle venait de lui raconter, que penserait M. Malvern d'une femme qui logeait dans la même maison que des pickpockets et des joueurs de tripot, et qui avait dormi à la dure et mangé de la nourriture volée ? Il n'embaucherait jamais une femme de ce genre s'il venait à l'apprendre, et ne la tiendrait sûrement pas en grande...estime.

Inquiétude.

Non. Il ne s'inquièterait certainement pas d'une femme avec un passé, et d'ailleurs elle ne le lui demanderait même pas. Elle profiterait de sa compagnie pendant une petite heure et ne le reverrait plus jamais.

C'était décidé.

Dommage que l'idée de s'en tenir à cette décision lui causât une forte douleur à l'estomac.

De l'autre côté du Palais, leur petit groupe trouva une salle entière consacrée aux merveilles de l'énergie électrique. « J'ai lu dans le *Standard* que le soir, cette salle est éclairée par des dispositifs électrikes qui se trouvent dans des gaines le long de la structure en fer, » dit Andrew. « Ils disent que ça ressemble à la lumière de la foudre gelée d'un orage, et que vous pouvez lire le journal sous son éclairage. »

Le jeune voyou que Claire avait appelé Tigg avait l'air dubitatif. « Comment c'est possible ? »

Andrew montra les boîtiers discrets montés contre chaque pilier de soutien, cachés par des palmiers en pots. « Tu vois ces petites machines, là ? Les piles à l'intérieur génèrent le courant. On est tentés de revenir plus tard, juste pour voir comment tout cela fonctionne, n'est-ce-pas ? »

L'allusion était cousue de fil blanc, mais Claire se contenta de regarder au loin. « Je crains que les enfants ne doivent rentrer pour le goûter, » dit-elle.

« Ouais...il faut bien que quelqu'un travaille, » marmonna Tigg.

Claire le regarda quelque peu alarmée, ce qui semblait bizarre vu les circonstances. « Il veut dire dans les écuries. »

« Bien sûr. » Andrew ne voyait pas ce qu'il aurait pu vouloir dire d'autre.

« M. Malvern, peut-être pourrions-nous regarder d'un peu plus près les petites piles électriques. Je suis en train de réaliser une série d'expériences et je m'intéresse à l'augmentation de puissance tout en contenant la taille. »

« Vous, comme tout autre inventeur dans ce domaine. » Andrew sourit, et fut récompensé par un sourire en retour qui allait jusqu'à ces yeux gris soucieux. « Pourquoi ne commençons-nous pas par le balai aspirant ? C'est probablement l'appareil que vous connaissez le mieux. »

« Je veux voir celles que contiennent les armes, » dit Tigg tout de go. « Les appareils ménagers ne vont pas nous aider à grand-chose. »

« La connaissance des armes à feu n'est pas d'une grande utilité si on veut devenir chauffeur, je pense, » lui dit Andrew d'un ton qu'il espérait apaisant. Une recrue prometteuse. S'il n'avait pas été en compagnie de Claire, il aurait été tenté de moucher le petit morveux. À son âge il aurait dû avoir appris depuis longtemps à parler avec plus de respect aux gens d'expérience.

Tigg avait l'air sur le point d'éclater, et de nouveau Claire posa une main sur son bras. « M. Tigg a une bonne raison de s'intéresser à cela, » dit-elle. « Et je serais heureuse d'étendre mes connaissances en la matière, moi aussi. Toutefois, commençons, comme vous l'avez suggéré, par le balai aspirant, puis nous irons en terrain inconnu, une fois que nous aurons saisi les bases. »

Contrairement à d'autres expositions du même genre au British Museum, celles qui se tenaient au Crystal Palace étaient censées être examinées et explorées. Le Prince consort était convaincu que les technologies inventées par les esprits britanniques devaient être admirées par tout le monde. Andrew fut en mesure de démonter le balai aspirant tout en passant quelques agréables minutes penché sur l'appareil en compagnie de Claire, dont l'esprit saisissait si rapidement ses principes qu'il avait l'impression d'être mené en bateau.

« Vous l'avez déjà fait ça, n'est-ce-pas ? » finit-il par dire, tandis qu'elle prenait le boîtier de laiton en forme de miche de ses mains et le remettait en place en l'enclenchant. « Vous en avez déjà démonté un et vous pourriez sûrement me dire comment il fonctionne. »

« Au moyen de la répulsion statike, » dit Tigg.

« Très bien, M. Tigg, » lui dit-elle, et il se redressa sous le compliment. Puis se tournant vers Andrew elle dit : « J'avoue que je l'ai fait, mais ce n'est pas le cas de mes compagnons. Je veux que Tigg et le jeune Willie, ici, en apprennent le plus possible. Ils sont un peu... en retard au niveau de l'instruction. »

Comme le petit garçon ne pouvait pas avoir plus de cinq ans, Andrew fut un peu surpris par cette affirmation, mais il ne l'aurait pas contredite pour tout l'or du monde. « Très bien, alors allons voir les plus grandes piles. Je crois que nous allons trouver un bel exemple d'arme de poing électrike Winchester dans la salle des inventions consacrée aux Territoires américains. »

Malheureusement ils n'étaient pas autorisés à manier un exemplaire de Winchester, mais un gentleman au drôle d'accent, chaussé de bottes en peau de serpent, leur montra aimablement comment il fonctionnait. « Cette pile ici remplace l'ancien magasin, où on mettait les balles, vous voyez. » Il la fit sortir, et Claire et Tigg tendirent le cou pour mieux voir le petit globe transparent. « La tuyauterie en cuivre va de la pile au canon afin de protéger le mécanisme, vous voyez, sinon l'ensemble fondrait. »

Claire souleva les sourcils. « Mais est-ce que le cuivre lui-même ne fond pas ? »

« Non, Madame. Le cuivre est un conducteur. Donc quand vous pressez la détente, il libère le courant pour ainsi dire, qui chemine le long du canon et va frapper votre cible. »

« Quelle est la portée ? » demanda Tigg.

« C'est une bonne question, mon gars. Ça dépend de la taille de votre pile. Ce modèle-ci par exemple, tuerait une mouche sur le dos d'un cheval à quinze mètres. »

Tigg écarquilla les yeux tout en faisant travailler son imagination sur cette image et Andrew camoufla un sourire.

« Et que se passe-t-il avec une pile de cette taille ? » Claire mit les mains en coupe l'une sur l'autre, comme si elle tenait une balle en caoutchouc. « Quelle portée aurait-elle si le canon de l'arme mesurait un mètre environ ? »

« Ah, maintenant vous parlez de fusils, ce qui est complètement différent. Une pile de cette taille accouplée à un canon de cette longueur pourrait atteindre la même mouche sur le dos de mon hypothétique cheval, du fond de cette salle d'exposition. » Il montra du doigt les portes de sortie. « C'est le canon, n'est-ce-pas. L'éclair passe à l'intérieur et rien ne peut l'arrêter. J'espère que vous ne prévoyez pas de soulever une de ces armes, Mademoiselle. Une faible femme, et jolie de surcroît, pourrait se blesser. »

Claire décocha son meilleur sourire au cowboy. « Bien sûr que non, Monsieur. J'essaie seulement d'instruire mes jeunes protégés. Pourrais-je donc vous demander d'expliquer de façon un peu plus détaillée comment se créé l'éclair à l'intérieur de la pile ? »

À la fin de la demi-heure, l'exposant américain avait été convaincu de démonter la Winchester et de l'illustrer de façon tellement détaillée que la plupart des gens ne l'auraient pas écouté jusqu'au bout. Mais Claire Trevelyan n'était pas comme la plupart des gens, et ses compagnons non plus. Andrew s'attendait au genre de questions perspicaces que Claire posa à leur guide, mais l'esprit vif du jeune Tigg le surprit. Il était clair qu'une carrière de chauffeur était le maximum de ce à quoi il pouvait prétendre, vu le poste qu'il occupait — mais quel gâchis de matière grise. Un jour il serait certainement le genre de conducteur qui passerait ses jours de congé à démonter les machines et les landaus de ses employeurs et à les remonter, juste pour tromper son ennui.

Claire finit son cours improvisé d'ingénierie en énumérant, avec Tigg, les pièces qui composaient la pile, et en répétant l'ordre dans lequel elles étaient assemblées. De tête.

Cachant son étonnement, Andrew attendit tandis que Claire remerciait l'exposant de sa gentillesse. Ils marchèrent lentement le long de la salle d'exposition, s'arrêtant de temps en temps pour examiner les piles électrikes sur une paire de pistolets, une glacière et même sur un chariot de desserte.

« Je m'interroge. » Elle fit une pause, regardant distraitement le chariot tandis qu'il roulait d'un bout du salon d'exposition à l'autre.

« Qu'est-ce que c'est ? » Le regard de Tigg suivait également le chariot.

« Quelle taille devrait avoir une pile à votre avis pour faire marcher un landau, Tigg ? »

Andrew faillit éclater de rire mais se freina juste à temps. Non seulement elle ne le lui pardonnerait jamais, mais cela voudrait dire lui manquer de respect devant ses élèves. Ayant occupé un poste d'instructeur auparavant, il savait combien le respect était important.

« Une bonne taille, milady, » répondit le garçon. « La taille d'un balai aspirant, c'est sûr. »

« Au moins. » Elle avait l'air pensif, et il imaginait son cerveau tournant à toute vitesse sous cette masse de cheveux roux et ce chapeau ridicule. Andrew aurait bien aimé qu'elle lui fasse part de ses pensées, même si elles étaient un peu anti-conventionnelles. Se connaissaient-ils suffisamment pour qu'il se permette de lui poser la question ? Ne serait-ce que pour la mettre en garde sur l'impraticabilité d'un tel projet — tout ce qui était plus gros qu'un appareil ménager devait s'alimenter à la vapeur. Tout le monde savait ça.

« Hum. Oui ? » Elle baissa les yeux car Willie tirait de façon insistante sur sa jupe.

Tigg lui prit l'autre main. « On dirait qu'il doit aller faire pipi, milady. Et puisqu'on en parle, moi aussi. »

Cette fois Andrew éclata de rire, le visage de Claire devint écarlate et elle plaqua une main sur sa bouche. « M. Tigg, je — vraiment, vous ne devriez pas — enfin — oh, mon Dieu. »

Andrew profita de l'interruption. « Me permettriez-vous de les emmener ? Et en chemin, je leur donnerai des instructions sur la façon d'exprimer au mieux ce genre de choses. Pouvons-nous nous retrouver à la patinoire pour récupérer les filles ? »

Toujours cramoisie, Claire acquiesça tout en lui lançant un regard signifiant — quoi, au fait? Cette expression intense était sûrement plus que de la gratitude pour une simple faveur.

« Merci. Pauvre de moi ! Willie, vous allez suivre M. Malvern, Tigg et toi, car je suis de trop dans cette affaire qui concerne la gent masculine. J'essaierai d'extraire les Mopsies du cataclysme qu'elles ont probablement créé à la patinoire. »

Elle s'éloigna, le dos droit, ses jupes battant ses chevilles sous la fermeté de ses pas. Quel aspect charmant elle avait ... et quel gâchis qu'elle serve de gouvernante à ces enfants. Il devait y avoir un moyen de la convaincre à venir travailler avec lui.

James était dans les parages. Andrew allait faire pression sur lui pour qu'il s'excuse de l'offense occasionnée, quelle qu'elle soit, puis ensemble ils utiliseraient tout leur pouvoir de persuasion. Maintenant qu'il l'avait retrouvée, il ne la laisserait pas disparaître à nouveau. Il aurait bien trop de mal à trouver une autre femme comme celle-ci.

Comme assistante, bien sûr.

28

Claire suivit la direction indiquée par son plan et elle parvint à la patinoire en dix minutes de marche seulement. Quel miracle de technologie était cette simple chose ! Une couche de glace de qui sait quelle épaisseur, gardée congelée au moyen de merveilleuses machines quelque part en-dessous. Par-dessus, les patineurs virevoltaient sur des patins de location — y compris les Mopsies, qu'elle identifia immédiatement à leurs petits cris de joie, tandis qu'elles se poursuivaient comme des punaises d'eau montées sur lames.

Il devenait évident que l'achat d'aiguilles et de fil en rentrant devrait être suivi de cours de couture. Du bord de la patinoire, Claire voyait un rang de dentelle qui pendait plus bas que l'ourlet, sur la robe de Lizzie.

Quelqu'un se racla la gorge tout près d'elle. « C'est quand même formidable, n'est-ce-pas, de profiter des plaisirs de janvier à la fin du mois de juillet ? »

Claire se sentit soudain la bouche sèche et, instinctivement, elle fit un pas de côté. Mais il n'y avait pas moyen de lui échapper : Lord James Selwyn restait collé à elle. À moins de se résoudre à faire une scène en public, elle allait devoir rendre le bien pour le mal et se confondre en gestes de courtoisie.

« Lord James. »

« Lady Claire. Quel plaisir inattendu ! Mais c'est peut-être injuste de ma part. Je pense toujours ne pas pouvoir vous rencontrer ailleurs qu'au Crystal Palace, vu votre disposition d'esprit. »

Pff ! Il en savait moins sur ses dispositions d'esprit que Rosie la poule, qui elle par contre était très habile pour deviner ce qu'elle voulait communiquer. « Oui, nous les lycéennes venons souvent ici pour compléter notre éducation. »

Il eut la grâce de faire une pause et de la regarder du haut de sa stature, comme s'il la voyait vraiment. « Je suppose que je ne suis pas pardonné. »

« Cela voudrait dire que vous auriez suffisamment occupé mon esprit pour que je me vexe. »

« Vous aviez l'air plutôt vexée quand nous nous sommes rencontrés la dernière fois. Vous avez quitté mon laboratoire de façon précipitée, si je me souviens bien. »

« Votre laboratoire ? »

« C'est avec mon argent qu'il a été construit. »

« Ah, oui. Votre argent. » Elle espérait que Mme Morven avait suivi son conseil pour les vingt-cinq pour cent. « J'imagine que vous êtes satisfait de votre nouvelle cuisinière et gouvernante ? »

« Mme Morven ? Cette femme est une perle, un modèle d'employée de maison. Son soufflé au citron pourrait tranquillement être présenté à Sa Majesté. »

Claire se souvint du soufflé au citron avec un pincement de nostalgie — non pas tant pour Wilton Crescent, mais pour son ancienne vie et les petits plaisirs qu'elle avait considérés comme allant de soi.

« Je suis sûr qu'elle vous manque beaucoup. »

C'était une chose présomptueuse à dire de sa part, mais tristement vraie.

« Je vous prie de lui transmettre mes vœux les plus chaleureux et de lui faire savoir que je vais bien. » Cela la contrariait de lui demander quelque chose, mais s'il disait qu'il l'avait rencontrée aujourd'hui, Mme Morven serait blessée si elle ne lui envoyait pas de message. Elle avait envoyé un pneu contenant l'histoire de la gouvernante il y a plusieurs jours, et elle avait reçu une réponse soulagée, en même temps qu'une recette pour faire du lait avec du chocolat fondu — la boisson que la gouvernante faisait pour Claire dans la nursery il y a longtemps.

« Je serai ravi de le lui communiquer, » dit Lord James. « Puis-je — »

« Excusez-moi, Lord James. Lizzie ! Maggie ! » Elle se pencha au-dessus de la barrière et leur fit de grands signes de la main. « Est-ce que vous vous êtes amusées ? »

« Oh, milady, c'est la chose la plus merveilleuse du monde, patiner, » dit Maggie essoufflée. « J'arrive à aller à reculons, vous avez vu ? » Et elle se tortilla — ce qui la faisait ressembler à Julia Wellesley dans un nouvel attirail de jupons — et commença à évoluer en arrière, ses patins dessinant des parenthèses sur la glace.

Lizzie lui prit les mains et ensemble elles se mirent à patiner plus rapidement. « Regardez, milady ! C'est pas beau, ça ? »

« Oui, oui...très beau. » Claire continua à les regarder en marchant le long de la barrière. « Mais je dois vous demander de revenir sur terre et de rendre vos patins. Les autres vont bientôt nous rejoindre. »

À contrecœur, et par à-coups, non sans avoir fait plusieurs démonstrations de leurs capacités, les filles rendirent leurs patins et remirent leurs nouvelles chaussures en cuir véritable. Pendant tout ce temps Lord James ne les lâcha pas d'une semelle. En réalité Claire avait laissé les petites filles traîner beaucoup plus que s'il n'avait pas été là, s'attendant à ce que son impatience l'emporte et le fasse partir.

À quoi pouvait-il bien jouer, tolérant les Mopsies avec ce sourire figé ?

Il devait mijoter quelque chose. Et d'après son expérience, ça ne pouvait pas être quelque chose de bon. Elle devait se débarrasser de lui tout de suite. Si Andrew découvrait le pot aux roses cela signifierait une perte personnelle. Si Lord James le découvrait elle aurait droit à un désastre social rapide, certain et irrévocable, au point qu'elle ne serait plus reçue par personne, même pas par sa propre mère.

« Venez les filles. Nous allons marcher le long de cette promenade et guetter M. Tigg et Willie. »

LA DAME AUX ARTIFICES

« Et qui peuvent bien être ces charmantes jeunes filles ? » Le ton de Lord James semblait si affable qu'il devait être faux.

Les filles semblèrent réaliser tout à coup que ce gentleman n'était pas un simple passant, mais avait l'air d'essayer de s'immiscer dans leur groupe ; et l'étonnement leur fit fermer la bouche et le regarder avec une méfiance muette.

L'entraînement de Snouts avait pénétré en profondeur.

« Ce sont mes protégées, » dit Claire avec une économie de paroles remarquable. « Margaret, Elizabeth, faites la révérence à Lord James. »

Maggie roula de gros yeux en direction de sa sœur qui sortit un *Ouaiiis, un vrai lord !* avant que les deux filles ne s'exécutent docilement.

« Vos protégées ? » répéta Lord James. « Vous voulez dire que vous êtes leur ... gouvernante ? »

« C'est cela même. »

« Et une très bonne, même » dit Lizzie sans la moindre trace d'accent cockney dans la voix.

« On l'aime beaucoup. » Maggie prit sa sœur par la main. « On est toujours si dures avec les gouvernantes. »

Claire faillit tomber à la renverse d'admiration, puis elle dut se retenir plus fort encore pour ne pas leur tirer les oreilles : se mettre à jouer la comédie, alors que le moment était grave ! Elle se pencha et prit l'autre main de Lizzie avec un peu plus de fermeté que nécessaire.

« J'ai été enchantée de vous voir, Lord James. Bonne journée. »

« Attendez un instant, Lady Cl — »

« Venez les filles ! »

« Mais attendez ! » Il avait haussé le ton juste au moment où l'un de ces silences, propres aux grandes foules, s'installait à l'improviste. En rougissant, il se ressaisit. « Je vous en prie, juste un instant. »

Si elle continuait à ne pas l'écouter, il était capable de la harceler tout le long de la galerie. « Oui, milord ? »

Il jeta un coup d'œil à droite et à gauche, mais chacun vaquait à ses occupations. « J'aurais souhaité un environnement plus propice pour dire ce que j'ai sur le cœur, mais vous êtes une proie insaisissable ; il vaut mieux que je profite de l'occasion quand elle se présente. »

« Il y a quelque chose que vous souhaitez me dire ? » Elle, personnellement en avait un bon nombre à lui dire, mais pas devant les filles. Si on veut des modèles de bon comportement, il faut être soi-même exemplaire.

« Oui. Je — hé bien, je — » Rougissant de nouveau, il mordilla le bord inférieur de sa moustache. Bonté divine. Il était aussi embarrassé qu'un homme sur le point de faire une demande en mariage. Non pas qu'elle ait la moindre expérience dans ce genre de choses, mis à part les images projetées à l'aide de quelque kinétographe.

« Vous avez perdu votre langue? » s'enquit Lizzie.

« Il a un truc coincé dans la gorge, » renchérit Maggie. « Une pastille ? » Elle lui tendit un bonbon à la cerise, un peu collant après avoir été transporté dans sa poche toute la journée.

Lord James baissa les yeux sur elles. « Les petites filles devraient être vues mais pas entendues. »

LA DAME AUX ARTIFICES

Claire avait entendu dire ça autrefois, elle l'avait même entendu mille fois, et chaque fois cela l'irritait davantage. Les filles devaient être entendues, bien sûr. C'était leurs voix qui manquaient au monde.

« Lord James, je vous prierais de me laisser le soin d'éduquer les filles. » Son ton aurait pu être découpé dans la couche de glace qui se trouvait derrière eux. « Comme par hasard, je suis une fervente partisane des petites filles qui se font entendre, si elles ont quelque chose à dire. Mademoiselle Margaret voulait juste se rendre utile. »

« Ben oui, c'est ça ! » Maggie avait l'air très contente.

« Vous n'êtes pas gentil, » lui dit Lizzie les sourcils froncés. « Milady est devenue glaciale à cause de vous. Vous feriez mieux de ne pas faire ça. »

« Par le fantôme de César ! » Lord James avait enfin perdu patience. Il regarda Claire. « Vous êtes aussi mauvaise gouvernante que scientifique. Très bien. Je vais vous dire ce que j'ai à vous dire : je vous offre mille livres pour ne pas accepter le poste dans le laboratoire d'Andrew. »

Elle avait dû mal entendre. « Je vous demande pardon ? »

« Très bien, alors, si vous voulez marchander...mille cinq cents. Je connais votre situation, ma chère demoiselle, et ce n'est pas le genre de somme que vous pouvez vous permettre de refuser. »

La rage enfla sous son corset et dans sa gorge. Était-il possible qu'un homme soit plus insultant ?

« N'est-ce pas ? » Si elle disait un mot de plus, sa façade se craquèlerait et elle lui lancerait des insultes en hurlant, sur-le-champ. La vitre au-dessus de leurs têtes se briserait et lui tomberait dessus et ce serait bien fait pour lui après qu'il l'ait traitée de cette façon arrogante, criminelle et cruelle.

Oh, si elle était une lady introduite dans la société, au lieu d'un simple nom, quel plaisir elle prendrait à le réduire en miettes sociales sous le talon de l'un de ses protégés ! Elle ferait en sorte qu'aucun membre de leurs cercles ne le reçoive plus jamais. Même la Reine froncerait les sourcils en entendant prononcer son nom. Si seulement elle — elle était —

« Milady ? » Maggie tira sur sa main. « Regardez, il y a Tigg et Willie avec M. Malvern. »

« M. Malvern ? » James releva la tête, comme un loup sentant venir le chien de berger.

Claire tira le soupir le plus profond qu'elle put, sentant son corset l'étreindre, comme les mains jumelles de la prudence et de la convenance. « Oui. Il s'est vraiment comporté en gentleman aujourd'hui. Nous avons passé le gros de l'après-midi ensemble à approfondir nos connaissances et il nous a tout raconté sur les locomotives et la vapeur. »

Tous sourires, elle le regarda avec la plus grande amabilité et laissa les filles l'emmener.

29

Comme un ensemble d'évènements peut aboutir à une bataille en règle, neuf personnes convergèrent en un point précis dans la galerie très animée, près de la patinoire. L'orchestre de chambre jouait « *Take a Pair of Sparkling Eyes* » tandis que les patineurs tombaient et tournoyaient, que les vendeurs attiraient l'attention des clients vers leurs pâtés de viande chauds et leurs boissons glacées, et Lady Julia Wellesley et Gloria Meriwether-Astor virent Lord James et s'abattirent sur lui à toute vapeur comme deux navires de guerre.

« Lord James, quelle surprise ! » minauda Julia.

« Quel plaisir de vous rencontrer, » renchérit Gloria, puis elle s'arrêta tout net, ses jupes tournoyant comme de l'écume au-dessus des vagues. « Oh, bonjour Claire. »

« Claire ? Claire Trevelyan ? » Son attention sur Lord James suspendue, Julia regarda autour d'elle, se rendant compte de l'étonnement d'un certain nombre de personnes qui avaient assisté à sa façon assez inélégante de héler Sa Seigneurie en public. « Mon Dieu, nous pensions que vous étiez allée en Cornouailles. »

Tant pis pour la tentative de garder son nom à l'écart des oreilles des enfants. Bon, elle avait au moins essayé.

Ensuite Julia sembla se rendre compte de la proximité de Lord James et de Claire et elle papillonna des cils. « Est-ce que vous... et Sa Seigneurie... profitez bien de l'exposition ? »

« Oui, beaucoup. » Claire lui en voulait de son allusion au fait qu'elle et James étaient ensemble, et souffrait encore plus de devoir assurer à Julia qu'il n'y avait pas lieu de la considérer comme une menace. Honnêtement, quel sens cela aurait de passer une vie où ce genre de choses aurait été son seul problème ? « Je ne peux pas parler à la place de Sa Seigneurie, car il ne faisait que passer. »

Lord James avait effacé toute trace d'émotion du moment précédent, et il faisait mine de rien. « Mesdemoiselles, le plaisir de cette rencontre est pour moi. Lady Julia, vous avez un aspect magnifique. Mademoiselle Gloria, vous devriez vous construire un palais de cristal vous-même : la lumière du paradis sied parfaitement à votre teint. »

Claire résista à la tentation d'implorer la patience à ce même paradis, et elle se tourna vers Andrew et les garçons qui venaient d'arriver. C'était ça la réalité, et pas ces échanges affectés de compliments hypocrites. Avec eux, par contre, elle pouvait profiter de la rencontre d'esprits semblables en vue d'un objectif commun : une plus grande connaissance de la façon dont le monde fonctionnait.

Julia et Gloria sourirent en rougissant. Lord James continua, « Puis-je vous présenter mon associé en affaires ? Lady Julia Wellesley, Mademoiselle Gloria Meriwether-Astor, je vous présente Andrew Malvern de la Société royale des ingénieurs. »

Les dames inclinèrent la tête tandis qu'Andrew faisait une révérence.

« Et quelles affaires avez-vous ensemble? »

Les paroles de Gloria étaient polies mais ses yeux disaient: *Quelles affaires peut bien entretenir un Aristo avec un Mérito?*

Lord James eut un petit rire. « Je ne voudrais pas que vous encombriez votre jolie petite tête avec ça ; disons simplement que nous travaillons à faire en sorte que les moteurs de locomotive fonctionnent plus efficacement. »

Lady Julia agita sa main devant son visage, comme si c'était vraiment trop pour elle. « Diantre, comme c'est bizarre ! Possédez-vous une voie ferrée ? »

« Pas encore. » Il lui sourit. « Mais j'aime occuper mon esprit à ces problèmes, et Andrew et moi sommes des camarades de lycée, ce qui m'a permis de m'associer à un bon scientifique pour faire les travaux concrets. »

Chassant de son esprit Andrew, car indigne de son attention, Lady Julia remarqua enfin que Claire était entourée d'enfants. Cette dernière prit d'un air décidé les mains des Mopsies et se redressa.

« Bonté divine, Claire. Est-ce que tous ces enfants sont avec vous ? »

« Absolument. Les filles, faites la révérence à sa seigneurie. M. Tigg, Willie, inclinez-vous, s'il vous plaît. »

À sa connaissance, Tigg ne s'était jamais incliné devant quelqu'un de toute sa vie. Mais comme il venait d'observer Andrew, il refit la révérence exactement comme il l'avait vu faire, et Willie l'imita si bien qu'on aurait dit qu'il faisait ça depuis sa naissance.

Les sourcils de Gloria se rapprochèrent de façon telle que Claire fut tentée de lui dire qu'elle allait avoir des rides avant ses trente ans si elle continuait à le faire. « Est-ce que cette … personne est avec vous, Claire ? »

« Bien sûr. Je ne m'inquiéterais pas de ses bonnes manières si ce n'était pas le cas. »

« Je crois que vous devriez vous inquiéter de son habillement. Où diable l'avez-vous trouvé ? »

La poitrine de Tigg commença à enfler. Andrew dit d'un ton conciliant, « Je crois que M. Tigg est apprenti chauffeur dans la maison des enfants. Lady Claire encourage sa passion pour les moteurs. »

Gloria et Julia éliminèrent Tigg de leur univers, ce qui ne pouvait que faire plaisir à Claire. « Et toi, qui peux-tu bien être ? » Gloria se pencha jusqu'au point où le lui permettait son corset pour prendre Willie par le menton. Le petit garçon baissa la tête et se rapprocha de Lizzie. « Ne sois pas timide. » Comme il ne répondait pas, elle se raidit. « Chez moi, les enfants répondent quand on leur adresse la parole. »

« Willie ne parle à personne, milady, » lui dit Lizzie. « Ne le prenez pas mal. »

« Si c'est comme ça ...et vous êtes ? »

« Li ... Elizabeth. Et voici ma sœur, Margaret. »

« Et comment avez-vous rencontré Lady Claire, Elizabeth ? »

Lizzie, surtout ne le dis pas ! Claire pressa sa main en un avertissement non verbal et ouvrit la bouche pour dire quelque chose — n'importe quoi —

« Milady est notre gouvernante, » dit Lizzie bravement. « Nous avons patiné. Est-ce que vous patinez ? »

Gloria ne répondit pas. Julia et elle échangèrent un même regard incrédule puis se tournèrent vers Claire comme deux automates construits pour effectuer une seule et même tâche. « Gouvernante ? » Julia leva les sourcils si hauts qu'ils disparurent presque sous les fleurs de son chapeau. « *Gouvernante ?* »

« Pour quelle famille ? » La voix de Gloria trahissait sa délectation de cette situation scandaleuse. « Oh, dites-nous Claire, pour que nous puissions envoyer le carton d'invitation à mon prochain bal à la bonne adresse. »

« Vous — vous ne les connaîtriez pas. » Les lèvres de Claire étaient serrées, sa peau froide. Pourquoi avait-elle choisi de venir aujourd'hui à l'exposition ? Même son plaisir d'être en compagnie de M. Malvern avait été gâché rétrospectivement par ces dix dernières minutes.

« Donc ils ne fréquentent pas nos cercles ? » s'enquit Julia.

« Ce que je veux dire c'est que je ne suis pas vraiment une gouvernante. » Son ton était-il aussi pitoyable que sa figure écarlate et tachetée ? « Je suis plutôt une préceptrice. Pour le moment, jusqu'à ce que je trouve un poste plus stable. »

« Donc vous n'êtes pas dans une famille blasonnée et fortunée ? » insista Julia. « Alors ces enfants sont ... ? »

Dieu, aidez moi !

Andrew Malvern souleva Willie dans ses bras, attirant l'attention des demoiselles dans sa direction presque contre leur volonté. « En fait, j'ai aidé Lady Claire dans ses efforts pédagogiques, cet après-midi justement. Nous avons une belle brochette de cerveaux ici. » Il lui sourit, et même au fond de sa détresse, cette gentillesse la fit sourire en retour. C'était un effort probablement vain, mais il avait le regard pétillant en parlant. « Je fais de mon mieux depuis des semaines pour la convaincre à m'aider dans mon laboratoire, même si jusqu'à présent sa fidélité vis à vis de ses protégés l'a empêchée d'accepter. Mais j'ai toujours bon espoir. »

Elle ne supporterait pas une minute de plus que Julia et Gloria ricanent à ses dépens, bien qu'elles le cachassent derrière des bourses et des mains gantées. Derrière elles, Lord James la transperçait de son regard acéré. Il voulait lui offrir mille cinq cents livres pour dire à Andrew « non » une fois pour toutes. Avec ça, elle pourrait retourner à sa vie et payer une année entière à l'université. Personne ne saurait jamais ce qu'elle avait fait depuis cette terrible nuit à Wilton Crescent.

Avec mille cinq cents livres, elle pouvait tout laisser derrière elle.

Willie gigotait dans les bras d'Andrew et tendait les siens vers elle. Sans réfléchir, elle répondit à son appel et prit l'enfant, son petit corps familier contre le sien, s'abandonnant en toute confiance.

Confiance.

Il lui avait fait confiance, dès le moment où elle s'était arrachée de la rue malfamée près de la station d'Aldgate.

Où avait-elle la tête ? Elle ne pouvait plus trahir la confiance de tous : Willie, les filles, Tigg, Jake ou Snouts, pas plus qu'elle ne pouvait trahir celle de son petit frère Nicholas.

Non. Impossible.

Claire releva la tête et tourna le dos délibérément à Lord James. « M. Malvern, vous m'avez convaincue. Si nous trouvons un arrangement pour continuer l'éducation des enfants, je serai honorée de vous aider dans vos entreprises scientifiques. Peut-être qu'ensemble nous pourrons changer le paysage de l'industrie ferroviaire. »

Son étonnement ravi fut toute la récompense dont pouvait rêver une femme.

Quel dommage qu'elle ne pût pas voir les réactions derrière elle ! Malgré tout, le silence qui flottait dans l'air était extrêmement satisfaisant, et la brièveté de leurs adieux encore davantage.

Tandis qu'elle avançait lentement avec son petit groupe vers la sortie, la lumière qui jouait sur eux faisait penser que même le Ciel approuvait son audace, mais Claire sentit cependant son estomac se nouer. Encore une fois, elle avait brûlé un pont derrière elle — cette fois, avec les meilleures raisons du monde.

Seul le temps dirait si elle avait pris la bonne décision.

Elle leva le visage vers le ciel, entourée de sa famille d'élection, puis elle sortit par les lourdes portes vitrées et s'élança vers son avenir.

Épilogue

Ma chère Claire,

Je viens de recevoir ce matin un pneu de mes tantes Beaton me disant qu'elles ne t'ont pas vue tout au long des trois dernières semaines. Je t'avoue que ton comportement me surprend et m'inquiète. Tu devais avoir fini les tâches liées à notre départ et tu devais me rejoindre en Cornouailles. Au lieu de quoi, tu t'es embarquée dans le projet fou de trouver un emploi. Il est déjà insupportable de penser à ma fille gagnant sa vie de cette manière ingrate ; mais en plus, en savoir si peu sur la façon dont elle le fait — et pourquoi —c'en est trop pour moi.

Quel est le nom de la famille au sein de laquelle tu as trouvé ce poste ? Sont-ils socialement acceptables ? S'il faut absolument que tu en passes par là, je ne m'attendrais à rien de moins que les enfants d'un duc, ma chérie. Je m'attendrais aussi à ce que tu gardes ta situation pour toi, sans en toucher mot à nos connaissances. Trouve une façon pour que le duc et la duchesse gardent le secret. J'insiste là-dessus. Mon Dieu, Claire, tu me rends la tâche de te trouver un mari convenable de plus en plus difficile. Comment peux-tu être aussi têtue alors que je ne sais même pas si mes propres facultés me permettront de venir à bout des tâches à accomplir ici ?

As-tu eu des nouvelles de M. Arundel ? Je m'aperçois que j'en suis de ma poche beaucoup plus tôt que je ne croyais. Il doit trouver un moyen de localiser ce que ton père appelait le fonds de roulement, car sinon je serai obligée de laisser partir du personnel.

Informe-moi immédiatement de ta situation. Si je ne la trouve pas convenable, je contacterai Gorse et je le persuaderai de te ramener en Cornouailles, par la force si besoin est.

Ta mère toujours aimante

FIN

NOTE DE SHELLEY

Cher lecteur,

J'espère que vous aimerez lire les aventures de Lady Claire et de la bande des Magnifiques Artifices autant que je prends plaisir à les écrire. C'est votre soutien et votre enthousiasme qui m'insufflent de l'énergie, comme la vapeur dans la chaudière d'un ballon dirigeable, pour maintenir à flot tout le système et le tenir prêt pour de nouvelles aventures.

N'hésitez pas à laisser un commentaire sur le site de votre vendeur préféré pour parler des livres à d'autres ; et vous pourrez trouver les versions imprimées de toute la série en ligne.

Venez consulter mon site web à www.shelleyadina.com, qui comprend la correspondance personnelle de Claire dans la série « Lettres de la Dame » de mon blog. Je vous invite à vous inscrire aussi à ma Newsletter qui s'y trouve.

Et maintenant, si vous désirez lire un extrait du prochain livre de la série, je vous invite à tourner la page...

SHELLEY ADINA

Extrait

Ses propres artifices
de Shelley Adina

© 2017

LA DAME AUX ARTIFICES

1

Londres, août 1889

Ils étaient trop petits pour des aéronefs et trop éphémères pour être des bombes. Brillant d'une douce lumière orange, chacun de la taille d'une lanterne, ils flottaient dans le ciel nocturne alimentés par une seule bougie et le plus délicat des petits moteurs.

Après tout, ceux qui libéraient ces engins dangereux ne le faisaient pas sans disposer d'un moyen de les diriger vers leur objectif.

« Comme ils sont mignons, » dit Maggie dans un souffle.

« Chut ! » Sa sœur jumelle Lizzie, qui comme elle n'avait pas de nom de famille connu des autres, lui donna sur le champ une bourrade. « La Dame a dit de se tenir tranquilles ! »

« Oh toi, tais-toi ! Depuis quand tu écoutes Milady tout le temps comme ça ? »

« Mopsies! » Lady Claire Trevelyan, sœur d'un vicomte, ancienne habitante de Belgravia et vivant maintenant dans un repaire de brigands à Vauxhall gagné au prix de la vie d'un malfrat, regarda les deux fillettes. Elles avaient l'expérience des surveillances de nuit ; qu'est-ce qu'il leur prenait de risquer de tout gâcher en chuchotant ?

Claire reconnaissait cependant que la beauté intemporelle du vol des ballons cachait le fait que Jake, Tigg et elle, les avaient construits avec les matériaux récupérés par des chiffonniers: avec une chemise en soie, une chemise de nuit en haillons si fine qu'elle pouvait la faire passer à travers la bague à l'émeraude de sa grand-mère, une paire de pantalons bouffants qu'une dame bien en chair avait jetés à cause d'une déchirure qu'elle était trop riche pour repriser.

Ajoutez à cela un petit artifice auquel Claire avait travaillé, qui allait servir de mécanisme de direction et de propulsion, et vous avez un ensemble d'engins silencieux qui pouvaient s'introduire là où elle et ses complices ne le pouvaient pas.

Rentrant la tête dans les épaules sous la réprimande, les fillettes s'installèrent derrière les murs à moitié écroulés d'un cimetière pour surveiller la demi-douzaine de ballons qui s'éloignaient avec leur chargement au-dessus d'une rue puis d'un mur en pierre de deux étages, aussi imprenable qu'un donjon médiéval.

L'araignée prend avec ses pattes, et se trouve pourtant dans les palais des rois. Eh bien, ce soir elle serait l'araignée, et les habitants de la forteresse de Bonaventure, le Cudgel, allaient recevoir une leçon de bonnes manières. On ne sautait pas impunément sur les associés de la Dame aux artifices dans la rue, en les délestant du fruit de leur travail de la nuit dans les salles de jeux. Les bougies qui avaient permis aux ballons de s'envoler ne mettraient pas le feu à la forteresse, mais le produit chimique contenu dans chacune des ampoules ferait certainement le travail.

Un hibou se mit à hululer, avec plus d'entrain qu'on n'en aurait attendu d'un tel sujet. « Ils ont dépassé le mur, » traduisit Snouts MacTavish. « On peut entrer quand vous donnerez le signal, milady. »

« Je pense qu'il sera plus prudent d'attendre M. Bonaventure dans la rue. Jake, est-ce que tu as les artifices gazeux à la capsaïcine, au cas où il ne serait pas raisonnable ? »

« Ouais. »

Elle connaissait Jake depuis plusieurs semaines maintenant, mais elle n'était toujours pas sûre qu'il ne se servirait pas d'un artifice de ce genre contre elle, pour ensuite briguer le commandement de leur petite bande de laissés-pour-compte. Toutefois, pour instaurer une relation de confiance, il fallait obligatoirement se fier à lui. Lui laisser la responsabilité du cartable avec son contenu de fioles qui s'entrechoquaient était un risque calculé, mais elle devait le prendre. Ne serait-ce que parce qu'il avait composé lui-même les artifices.

« Très bien. Offrons donc nos conseils aux sans abris en détresse, d'accord ? »

La lueur au-dessus du mur brillait suffisamment pour éclairer leur chemin dans la rue, tandis que les bâtiments derrière prenaient feu.

Le contenu de chaque ampoule suspendue sous son ballon s'était enflammé au contact de l'air, parce que les bougies s'étaient consumées et que la force de gravité les avait fait tomber pêle-mêle un peu partout sur le toit du quartier général du Cudgel. Le bois qui s'était desséché pendant l'été très chaud — du vieux bois, qui était en place depuis longtemps, bien avant l'époque de leur glorieuse Reine — prit feu et en quelques secondes la partie la plus vieille du bâtiment s'était enflammée comme une chandelle romaine.

Claire regrettait la perte des mécanismes de direction — un petit système d'ingénierie dont elle était très fière — mais au moins ils avaient servi pour une bonne cause.

Le Cudgel y regarderait à deux fois avant de s'en prendre à ses amis la prochaine fois.

La maison toute entière était enveloppée par les flammes quand le portail unique s'ouvrit à grand bruit et qu'une petite foule d'hommes et de jeunes garçons s'y précipitèrent en haletant ; ils se donnaient de grandes claques pour éteindre les étincelles fumantes et tenaient des pans de vêtements devant leurs visages pour se protéger de la fumée.

Pff ! Et où étaient les femmes qui avaient des responsabilités dans la hiérarchie du Cudgel ? Son opinion de ses chefs baissa encore d'un cran.

Le hurlement des camions de pompiers au loin lui fit comprendre qu'elle devait faire vite.

« M. Bonaventure ! » appela-t-elle, en se mettant bien en vue au milieu de la rue. Elle s'était habillée soigneusement pour l'occasion ; une vraie tenue pour un raid : une jupe noire pratique qui pouvait être enroulée et retenue par des lanières intérieures si elle avait besoin de courir ou d'escalader. Elle s'était dispensée de chapeau pour la soirée, préférant laisser simplement ses lunettes d'aviateur devant ses cheveux relevés en chignon, un foulard léger enroulé au-dessus et autour de son cou. Un corselet en cuir contenait un certain nombre de crochets et de fermoirs pour l'équipement, et à la place de son fidèle sac à dos, que Jake portait, elle arborait maintenant un harnais avec un étui dorsal, réalisé expressément pour le fusil Lightning qu'elle avait pris à Lightning Luke Jackson trois semaines plus tôt. Elle était heureuse de voir que son chemisier en dentelles était resté bien blanc malgré la demi-heure qu'elle venait de passer blottie derrière le mur.

Elle passa la main derrière son épaule pour sortir le fusil de son étui et le tint à bout de bras, l'index près de la gâchette.

En un clin d'œil, la petite foule de malfaiteurs encore enfumés réalisa ce qu'elle tenait à la main — et par conséquent qui elle était. Ils battirent donc en retraite lentement contre le mur, laissant le Cudgel seul face au danger.

Pff ! L'honneur ne pesait pas lourd chez les voleurs.

Le Cudgel la regarda. « Je vous connais. Qu'est-ce que vous cherchez ? »

Les sirènes semblaient se rapprocher. Elles allaient probablement traverser le pont Southwark sur la Tamise maintenant. « Seulement ça, » dit-elle, en articulant bien pour qu'il n'y ait pas de malentendu. « La nuit dernière, vos hommes ont attaqué quatre de mes amis qui rentraient des salles de jeux, et les ont dépouillés de tout ce qu'ils avaient. Ceci est un avertissement pour vous montrer que je ne tolèrerai pas que l'on maltraite mes amis, ni qu'on les détrousse de ce qu'ils ont honnêtement acquis. »

« Faut voir si c'est vrai, » dit-il d'une voix traînante. « Je peux rien dire parce que j'ai aucune idée de c'que vous racontez. »

Elle souleva le fusil et poussa la gâchette. « Je vous suggère d'utiliser le peu de matière grise que vous avez. »

Il avança la tête brusquement, comme un bulldog en colère auquel on aurait arraché l'os de la gueule. « Moi, je dis que vous feriez mieux de retourner à votre broderie, comme une brave fille, et de réfléchir à ce que je vais vous faire pour — »

L'arme commença à bourdonner joyeusement, l'intensité et la fréquence indiquant qu'elle était prête à fonctionner. L'index de Claire reposait à présent sur la détente.

« Si j'apprends que vous avez mis le pied à Vauxhall, avec ou sans mauvaises intentions, votre ventre jaune sera la dernière chose que vous verrez. »

Ventre jaune ? Doux Jésus. C'était une tirade qui sortait tout droit des mélodrames qu'Emilie et elle avait adorés il y a des siècles — deux mois en fait — quand elle était encore naïve.

« Je vous dis que vous me devez quelque chose, jeune fille — »

« Quand vous vous adressez à moi, appelez-moi Milady. »

Il traversa la rue et s'approcha. « Et vous, vous allez me dire comment vous appelez *ceci*. Creeper ! Hiram ! Emparez-vous d'elle. » Il se mit à tripoter les boutons de son pantalon, tandis que Claire le fixait ébahie. Incroyable. Avec les camions des pompiers presque sur eux et sa maison quasi réduite en cendres pendant qu'ils parlaient, il pensait qu'il pouvait la menacer avec son horrible personne ?

Creeper et Hiram, puisqu'ils s'appelaient comme ça, ne la maîtrisèrent pas. Cependant, deux ombres se détachèrent du corps principal du rassemblement et se faufilèrent vers le bas de la ruelle au coin du mur. Snouts, Jake et Tigg formèrent une masse compacte derrière elle.

Claire soupira. « Voyons, M. Bonaventure, vous ne devriez pas vous servir d'une épingle quand vous avez besoin d'une aiguille, comme ma mère me disait souvent ; surtout quand l'épingle est aussi courte et mal fichue. »

Elle appuya sur la détente et un éclair traversa la rue, l'atteignant précisément entre les jambes et brûlant les coutures internes de son pantalon.

Le Cudgel se mit à hurler et fit un bond en arrière de deux mètres ; l'odeur de chair brûlée était plus forte que la fumée qui se répandait dans l'air. Hystérique, et souffrant certainement autant qu'il avait espéré la faire souffrir, il gémissait et se plaignait si fort que Claire avait du mal à distinguer ses cris des sirènes des pompiers qui se déployaient le long de la rue pavée.

« Billy Bolt ! » Avec le signal de se disperser, les amis de Claire se fondirent dans l'ombre avec elle, sans que quiconque puisse dire qu'ils avaient été là.

Snouts attendit qu'ils soient presque rentrés dans leur quartier pour parler. « Vous avez visé une petite cible et vous l'avez chopée. Ç'aura l'air qu'il s'est brûlé dans l'incendie et personne de la bande dira le contraire. »

« C'est ce que j'ai fait. » Le coin le plus éloigné du mur du jardin était écorché et portait la marque du coup comme preuve. « Inutile d'être considéré comme armé et dangereux si on ne peut pas véritablement frapper sur une cible. »

« Heureusement que ce fusil est précis. »

« Il est plus que précis, Snouts. Vous avez vu vous-même qu'il *sent* ce que vous visez. Même Willie pourrait atteindre une cible avec ça, j'en suis sûre. »

« Milady, dites-moi s'il vous plaît que vous n'allez pas — »

« Non, certainement pas. Personne ne touche à ce fusil à part moi... ou vous, quand vous agissez à ma place. C'est plus que juste une arme, vous savez. Il symbolise ce que nous avons accompli. »

Snouts s'en tint pour dit ; il mit ses pas dans les siens, un œil sur les autres pour s'assurer que personne ne reste en rade et que personne ne les poursuive, et l'autre sur la rue devant eux, guettant le danger.

LA DAME AUX ARTIFICES

Claire était la première à reconnaître que maintenir l'ordre dans une bande de voleurs et de pickpockets serait pratiquement impossible sans le fusil — ou plutôt, sans la crainte de ce qu'elle pourrait faire avec. En vérité, elle n'avait tiré avec que trois fois, en-dehors du jardin : deux fois la nuit où il était entré en sa possession, et cette nuit.

Il était clair qu'elle avait hérité de son père non seulement le don du maniement des armes à feu, mais aussi sa foi dans le fait qu'on n'avait pas besoin de beaucoup parler, seulement de dire ce qu'il était juste d'entendre. Ou, comme Polgarth, l'homme qui veillait sur la volaille dans la propriété familiale en Cornouailles avait l'habitude de dire : *Marchons sur des œufs, mais brandissons un grand bâton.*

Elle était contente qu'au moins Snouts, Tigg et les Mopsies reconnaissent son autorité sans y être forcés. Depuis qu'elle avait perdu sa maison dans les émeutes de la Bulle Arabe et qu'elle était tombée sur cette bande des rues qui n'était guère plus qu'un groupe d'enfants désespérés et affamés et qui lui avaient enseigné à survivre — et elle leur avait appris à s'épanouir.

Entre les leçons de lecture et de maths, ils répétaient de nouveaux coups au Cowboy Poker, systèmes qui faisaient fureur dans les salons et les salles de jeux de Londres et qu'ils avaient eux-mêmes mis au point. Ceux qui étaient doués pour la chimie et la mécanique l'aidaient à assembler ses artifices. À présent la nourriture apparaissait sur la table avec une régularité réconfortante, et ils avaient chacun plus d'une tenue vestimentaire. Même Rosie, la poule qu'elle avait sauvée, qui régnait dans le maigre jardin derrière le cottage d'une patte de fer, avait commencé à prendre du poids.

Et pour couronner le tout, demain elle allait commencer à travailler comme assistante d'Andrew Malvern, de la Société royale des ingénieurs.

Le surveillant sur la plate-forme du toit qui surplombait l'entrée par la rivière siffla, et Snouts siffla trois notes en réponse. La porte s'ouvrit grand, ce qui fit entrer un large rai de lumière chaude sur les planches qui avaient été réparées après une série d'explosions malencontreuses, causées par les habitants précédents.

« Vous êtes rentrée, milady ! Que s'est-il passé ? » demanda impatiemment Lewis avant même qu'il n'ait franchi complètement la porte.

Willie le pleurnicheur, un gamin muet de cinq ans, se fraya un chemin à travers les jambes des nombreux garçons accourus sur le porche, et se jeta dans les bras de Claire. Elle l'enlaça, sentant un élan de gratitude l'envahir du fait qu'ici au moins, il y avait une personne de par le monde qui l'aimait sans réserves. Les autres la respectaient, et peut-être même étaient attachés à elle ; mais ce petit fragment d'humanité s'était collé à elle définitivement dès le moment où elle l'avait rencontré. À cause de lui — enfin, à cause d'eux, devrait-elle dire — elle avait gardé son cap au lieu de rentrer en Cornouailles les oreilles basses, pour devenir la femme d'un quelconque nobliau de campagne choisi par sa mère.

« Le Cudgel n'attaquera aucun de vous à l'avenir, » leur dit-elle, en remettant Willie debout. « Cet avertissement lui rappellera toujours les bonnes manières. »

LA DAME AUX ARTIFICES

Snouts fit un geste près de son pantalon qui fit écarquiller les yeux des gamins, d'un mélange d'horreur et d'admiration.

Elle était dévouée à sa nouvelle vie à présent, pour le meilleur et pour le pire.

Bien sûr, à part le Cudgel, éviter le mal était la première de ses priorités. C'est pour cette raison qu'elle avait laissé son nouvel employeur croire qu'elle était la gouvernante de cinq de ces enfants, et qu'une partie de leur accord était qu'ils pouvaient compléter de temps en temps leur éducation dans son laboratoire.

Elle serait sûrement capable de garder son secret. Après tout, il ne l'avait pas trop interrogée sur l'endroit où elle habitait, ni sur les parents qui permettaient à leurs enfants de sortir avec elle pour faire des expériences dans un entrepôt des bords de la Tamise. Elle devrait seulement rester agréablement dans le vague sur certains détails, et compter sur sa réserve naturelle et sa politesse.

Ce n'était pas le genre de personne à qui on pouvait confier qu'il abritait la tristement célèbre Dame aux artifices, meurtrière par inadvertance de Lightning Luke Jackson et souveraine régnante des bas-fonds du Sud.

Sa réputation en société n'avait aucune chance de s'en relever.

*

Ses propres artifices sera publié prochainement.

À propos de l'auteur

Shelley Adina est l'auteur de 24 romans parus chez Harlequin, Warner et Hachette, et d'une douzaine d'autres publiés par Moonshell Books, Inc., sa propre maison d'édition indépendante. Elle écrit des romances steampunk et contemporaines sous le nom de Shelley Adina et des livres de fiction féminine Amish. Elle possède une maîtrise en Beaux-arts d'écriture de romans populaires de l'Université Seton Hill de Pennsylvanie, où elle enseigne comme professeur auxiliaire. Elle a reçu le RWA's RITA Award® (*récompense de l'Association des écrivains de romance*) en 2005, et a été finaliste en 2006. Quand elle n'écrit pas, Shelley fabrique des courtepointes, coud des costumes historiques, ou se promène dans le jardin avec son troupeau de poules sauvées de l'abattage.

Les livres de Shelley Adina

STEAMPUNK

Magnifiques Artifices:

La Dame aux artifices

Her Own Devices

Magnificent Devices

Brilliant Devices

A Lady of Resources

A Lady of Spirit

A Lady of Integrity

A Gentleman of Means

Devices Brightly Shining (nouvelle de Noël)

Fields of Air

Fields of Iron

Fields of Gold

ROMANCE

Moonshell Bay: The Men of CLEU
Call For Me
Dream of Me
Reach For Me
Caught You Looking
Caught You Listening
Caught You Hiding

The Wedding Scandal
(nouvelle de la série Four Weddings and a Fiasco)

PARANORMAL

Immortal Faith

JEUNE ADULTE

Glory Prep:
Glory Prep
The Fruit of My Lipstick
Be Strong and Curvaceous
Who Made You a Princess?
Tidings of Great Boys
The Chic Shall Inherit the Earth